野马文集

辙迹

竖耳天籁菩提前
铁骑驰骋银河天
乱鬃拨云弦
背阔负草原
拂尾扫红尘
附首苍母颜

偶尔仰面望天啸
灵犀音系旋空雕
心寄苍生意
大悲无限寂
眼角泪
语悄悄
谁解抬头月皎皎

心性由空千万里
霞光彩虹一天齐
纵有珊瑚宝
珍馐肴
独嚼世间芳净草
醉闻蝉鸣任其老

仰首笑
嘶英豪
不与尘世讨逍遥

野马 著

敦煌文艺出版社

图书在版编目（CIP）数据

野马文集：辙迹 / 野马著. -- 兰州：敦煌文艺出版社，2017.7（2022.1重印）
ISBN 978-7-5468-1494-0

Ⅰ．①野… Ⅱ．①野… Ⅲ．①中国文学－当代文学－作品综合集 Ⅳ．①I217.2

中国版本图书馆CIP数据核字（2016）第307468号

野马文集·辙迹
野 马 著

责任编辑：杜鹏鹏
装帧设计：张剑桥

敦煌文艺出版社出版、发行
本社地址：（730030）兰州市城关区读者大道568号
本社邮箱：dunhuangwenyi1958@163.com
0931-8152351（编辑部） 0931-8773235（发行部）

三河市嵩川印刷有限公司印刷
开本 880毫米×1230毫米 1/32 印张 7.5 插页1 字数225千
2017年3月第1版 2022年1月第2次印刷
印数1 001~3 000

ISBN 978-7-5468-1494-0
定价：38.00元

如发现印装质量问题，影响阅读，请与出版社联系调换。

本书所有内容经作者同意授权，并许可使用。
未经同意，不得以任何形式复制。

自序：三省吾心

望着笺纸发呆。真是很宁愿它是一片空白。

也许，很多世俗也宁愿我是个诗人，但我不是。就像我很不宁愿自己是个电焊工一样。可现实中，我并没有披上袈裟。所以，我也很宁愿自己扮演个捡粪的角色。

我总是默默地在法德道上执行着一个信仰。与活着和死亡有关。所以我说过，断不与世为敌。所以，我是一个流浪者，候鸟一般，总是在迁徙。

在披上袈裟以前，总是有很多情与爱的感动，很难抉择。因为这世界上的很多事是由不了我来抉择。

于是乎，便在丢弃了增上慢的愚昧之后，继续顺其自然。只要活着，路，总是要走的。

于是乎，在顺逆的变故中，也继续着法德道上的那个誓言，继续迁徙。

我写诗，但我不是个诗人。就像有些和尚也写诗，他们也不是诗人。还有些痴人，也写诗的，但他们也不是诗人。文章和世界一样，是个载体，诗却和人一样，只是个体裁。就像世上本没有路，走的人、兽多了，便有路了。

有很多高人，没有上品，有好多上品，却没有高人。黄河长江，无论是欢笑还是喘咽，都得流着。而且都是在朝东的方向奔流着。

2016 年　初冬

目 录 | Contents

【古体诗】

野马颂 / 001
淡志铭 / 002
路漫漫 / 003
秋夜有梦 / 004
隐客漫灵 / 005
逸尘安世说 / 006
暮秋 / 007
幽夜思 / 008
古寺禅音 / 009
秋初雷阵雨 / 010
破尘逍遥游 / 011
酒殇 / 012
秋阳 / 013
月夜春困 / 014
月夜幽情曲 / 015
残雪魂 / 016
奠中秋 / 017
华山魂 / 018
敢剖此心对天城 / 019

夜未央 / 021
少年狂 / 022
中华颂 / 023
遏空遨 / 025
无题 / 026
更漏诗酒行 / 027
烟花伊人 / 028
隐者闲叹 / 029
蝶恋花·怨七夕 / 030
狮子吼 / 031
闲禅 / 032
破世 / 033
贪官挽辞 / 034
无缰三昧性 / 036
离魂三题 / 037
处世酒劫 / 040
乐·世风 / 042

【现代诗】

爱,已千年 / 044
理性逻辑两首 / 046
痕迹两首 / 048
拾粪沃肥五首 / 050
就这样活着六首 / 053
不死的灵光 / 057
尘缘禅乡 / 059

惬意春秋六首 / 061

朝拜的理由 / 065

诗酒行 / 066

天津 8.12 里的思索 / 067

孤夜独思 / 070

岁月的痕迹 / 072

贾宝玉吃胭脂 / 074

红楼感言 / 077

在宁静里思索 / 078

烛光——发亮的另一种理由 / 081

跋涉中的爱情 / 083

昙花一现 / 085

左·零点·右 / 089

夜幕 / 092

婚礼进行中·现实篇 / 094

公交车上 / 097

雨夜 / 099

沙漠里的玫瑰 / 100

月亮随心 / 102

期盼的羔羊 / 104

母亲的呼唤 / 106

记外婆 / 107

父亲 / 108

冬的纪元 / 109

镜中醉汉 / 110

感悟两题 / 113

真诚·谎言 / 114

小诗两首 / 115

自传 / 116

别污染了——本就洁净的心灵 / 117

默默中苦行的——另类 / 119

爱情——并非是哲学的命题 / 121

生命——难以放弃的历程 / 123

雪是一盏灯 / 125

古老的年惑 / 127

雨浴 / 129

末法年代 / 130

祈祷 / 132

疑问太阳的内涵 / 133

我是尸人 / 134

电焊工 / 136

受答挞的宝玉 / 137

半夜脑膜炎 / 138

文·史·哲 / 140

等…… / 142

弥留之际 / 144

祭小白 / 146

关于自己 / 148

沉思轮回中的春天 / 150

无情的爱 / 152

并不遥远的思念 / 154

写在圣诞 / 155

未曾死亡的爱恋 / 157

【随笔】

雨夜,我走在马路上 / 159
为了一种深沉 / 161
发牢骚 / 163
和小说无关 / 165
故乡的小溪 / 167
有关于旅途中的生命 / 169
不要鄙贱了自己 / 171
闲话,不闲说 / 172
随笔三二一 / 173
雨中端午 / 175
马丁·伊登读后感 / 177
一些并不陈旧的理由 / 179
读红楼 / 181
说红楼 / 183
事实上,就是这样 / 185

【小说】

婚嫁的故事 / 187
夕阳下的幸存者 / 194
霓虹灯的眼泪 / 200

父亲 / 221
驰骋的概念(代后续) / 229

野马颂

竖耳天籁菩提前
铁骑驰骋银河天
乱鬃拨云弦
背阔负草原
拂尾扫红尘
附首苍母颜

偶尔仰面望天啸
灵犀音系旋空雕
心寄苍生意
大悲无限寂
眼角泪
语悄悄
谁解抬头月皎皎

心性由空千万里
霞光彩虹一天齐
纵有珊瑚宝
珍馐肴

独嚼世间芳净草
醉闻蝉鸣任其老
仰首笑
嘶英豪
不与尘世讨逍遥

2015年春

淡志铭

登山巅望云峦兮,日升东而落西。
岁月逝之沧桑兮,雁春来之秋归。
叹昨日志雄昂兮,如春雷之轰鸣。
生世途多风霜兮,挽明月游梦回。
含珠泪凝慈颜兮,悲发丝已雪白。
有膝下而嬉戏兮,乐天伦之慰怀。
勤天道有所酬兮,劳默默而无悔。
扶子辈能翱翔兮,尊严慈至鹤归。
任江水之流逝兮,吾观日之轮回。
阅经卷而有道兮,叹世人之徘徊。
红霞没于天西兮,岚云生于山涧。
携知己于柴扉兮,诉心声于秋蝉。
哀情爱之缠绵兮,泻红颜于黄泉。
遥竹月之明志兮,懒问津于桃源。
扣老柏于古寺兮,敲磬鸣之馨风。
燃檀香于经台兮,飘茗香在禅房。
思千古之风流兮,何落梦于冢荒。
今夜月明江天兮,明晨雨洗河山。
把玉樽而长啸兮,啸宇内之阔空。
心将赴之兜率兮,览银河于九天。

2010 年 10 月 6 日

路漫漫

秋雨沥沥兮往事如云,偶翻日历兮时光逆寻。
忆幼弱冠兮胸腹浅穹,性似雕根兮做行毕诚。
志境虽深兮此身若鸿,刚入道途兮谁料路深。
糊涂务公兮与志不同,苦得一艺兮心潮不公。
复朝复夕兮春夏秋冬,几曾自励兮始不继终。
思怨世事兮也叹自身,有负父恩兮而立不成。
漫漫而渡兮有败有功,逢识亲友兮有怨有恩。
缘短情长兮有浅有深,聚散有时兮泪感泉涌。
爱恨不明兮指月誓诚,金沉污泥兮不改其真。
若疯若狂兮心如水晶,再醉再癫兮温酒最清。
夕阳辉佳兮骇至黄昏,哀古叹今兮暮霭沉沉。
酌酒奠祭兮天地有灵,樽酒长存兮万世空空。

1995 年 10 月秦州

秋夜有梦

夜来幽梦长，
少年还故乡。
又弄青梅子，
别话竹马伤。

纯怀清眸玉肌香，
不知西塞别泪沧。
情窦含笑一语间，
灵犀不点自契然。

同窗依偎牙月赏，
共步青草乐童腔。
无意天涯相思苦，
柳下涉溪笑阳光。

秋风凉，
醒梦殇，
醉将还酒夜未央。
幽幽红尘未了，
黄粱萦绕叹荒唐，
落梦遗故乡。

2015 年秋

隐客漫灵

夜未央兮,西窗之月西山移。
情未了兮,尘俗之心还未离。
吾日三省兮,道通灵犀一点。
鸿儒之憾兮,博学一生不全。
勤勤将思兮,霄汉一度五千年。
幽幽静谧兮,恍然一梦叹黄泉。
吾将何行兮,苍苍皇天遮云雾。
斛醉方休兮,漫漫河山荆棘路。
一笑证菩提,愚智不相奇。
一般是匆匆过客,怎堪那苦道愁迷。
且矣,且矣,
觑明兮,而居高,
遥看晨旭落霞夕。
秋临兮,而将寒,
由任季风袭单衣。

2015 年中秋

逸尘安世说

归兮归兮,如来如去,
秋日天高,何求往兮?
四季四季,轮回之气。
何能所安,逸之生世?

身存棺椁兮魂寄字笺,
生不安心兮何悯何怜。
孜孜求道兮千年访贤,
惶惶灵诚兮安之本然。

红尘怨多兮孽缘,欲不满心兮愚贪。
悲苦不息兮不修,惨祸疾怜兮利图。

多学而少欲兮,勤劳而心逸。
多思而少动兮,睿智而理通。

居安思危兮长远,清心寡欲兮寿安。
气聚而长虹现,德兴则自方圆。

2015 年秋

暮秋

桐木琴闲,
暮山起青岚。
举目瞭远,
农庄囱上烟。

秋风爽,
微寒,微寒,
柳下湖水静无澜,
雀鸟归巢眠。

林远含黛色,
窃闻息鸣蝉,
悠缓,悠缓,
一片灯火阑珊。

2015 年　初秋

幽夜思

清溪缓流,月儿游,
淡淡哀愁,奠新秋。

知了,知了,
一曲箫声何求,不见那细雨轻柔。
雁鸣,雁鸣,
栖息休水何留,黄河岸边雁滩丘。

汉宫秋月,还悠悠,
秦关不见,百户侯。

柳丝渐憔悴,貂蝉拜月意未休。
七夕鹊桥,八月桂子,
嫦娥蟾宫泪含羞。

还思那昭君出塞忧,怀抱琵琶情难留。
忘不了乌江英雄首,血溅执爱不阖眸。

秋冢枯草黄,春来多悲伤。
不念千年义,一路闻桂香。

何时拨琴弦,与君诗酒南山话菊园。
且把光阴闲,可行西湖灵隐访神仙,
白头学济癫。

2015年 秋初

古寺禅音

咣——咣——咣——

老钟音兮蕴厚韵长,梵咒颂兮魄静魂扬。
一念不生兮诵经佛堂,淡岚萦绕兮香茗禅房。
千年松柏入定,百里鸟兽倾听。
尘世苦厄渡尽,一世繁华静心。
万古音回肠,
香炉灰飞扬,
六字真言大明王。

百转青苔石阶意,婉转不惆怅。
巍峨兮大山,白云兮翱翔。
花自飘香花自醉,春来妩媚秋憔悴。
本本然然,潭水静如禅。
青山古寺钟声,苍苍兮空音回荡。
三昧菩提莲台,茫茫兮大悲咒长。

咣——咣——咣——

2015 年　立秋

秋初雷阵雨

初秋初遇秋老虎，
高阳炎炎赛火炉。
物极必反应时了，
飒时云翻日光堵。
倾盆悬倒加冰珠，
马路流河淹尘土。
滚滚雷轰天欲破，
斜雨急泻侵闲庐。

秋雨即兴

破尘逍遥游

一马踏云银河去,离尘宇曜访群星。
奈何长情无所寄,佳酿空叹玉阙亭。
千杯醉,万年饮。
嫦娥缦袖舞凤醒,不恋帝王金印钦。
仰首长歌不留行,山珍佳肴雕凤楼。
无数凄冤怨北斗,一朝天子一朝臣。
血祭总是忠烈头,缥缈风雨中。
回头万世空,多少竹纸笺。
幽幽诉杳魂,白昼汗泪浸百姓。
夜晚燕舞淫王侯,说道什么风流。
原是苦悲千秋,万古轮回俱一道。
青草荒冢一旦休,
飓风起,云飘逸,
腾空一跃十万里。
谁与天马并肩齐,西方逍遥问菩提。

2015年 夏中

酒殇

世事沧桑,历海茫茫。
生离死别,冤病惨伤。
芸芸众生,多少苦肠!
大悲独思,空旷洋洋!

独居一隅,善自善想。
乐乎悲乎?酌酒一觞!
窃喜缘知,喜怒情长。
把酒言欢,论道一堂。

感怀天顾,知足知祥。
生不贪寿,死不恋尘。
皮囊空时,心性悠扬。
夫复何求,安乐我王。

秋阳

秋立意微凉,
大梦做彷徨。
尽是漂浮客,
儿女何情长!
浮云空负凌云志,
骤风暴雨笑轻狂。
千古经卷,
江河浪千丈,
只为东流迁世殇。
醉里挑灯明,
把剑舞影伴秦腔。
胡狼挡道,烈日阳阳,
何期所安,天地祥祥?
布衣怀天非锦食,
庶民贞观念大唐。
叹兮!叹兮!
谁言:
人间正道是沧桑!

月夜春困

靓影素衣问红妆,可否解惆怅?
空恨东流千层浪,细风倍凄凉。
回首望,桃园花落飘纱雨。
回首望,南山亭秀翠意浓。
春去何匆匆。

沐浴焚香琴台前,独自弄丝弦。
皎皎空天白玉盘,湘妃竹下眠。
衾裳寒,鹊桥无梦幽夜静。
衾裳寒,风微无处起箫音。
情叹意悻悻!

昨日荡漾波澜,已是几经年。
轻许柳丝拂面,荷里鸳鸯羡。
能有几多愁?
梦里也幽幽,辗转回肠千百遍。
绞绡帐里幽怨,寂寥奈何天。

2015 年　夏月

月夜幽情曲

酒醒三更未眠，
灯下觅诗悠然。
一篇又一篇，
痴情缠绵。
心烦！心烦！
西窗望月思红颜。

幽幽相思何处？
琴箫难续尘缘。
一曲接一曲，
弦上丝乱。
戚然！戚然！
已是晨曦起青岚。

2015 年 夏夜

残雪魂

日照暖阳融残雪,晚风凝寒泻银月。
旺火熬茶泥壶苦,闲意思禅味似觉。
此心若鸿化烟云,缥缈不定无处寻。
欲携婵娟寒宫去,奈无悭音浣纱人。
心托青莲西霞游,情寂无所哀离愁。
孤雁啾啾尚悲鸣,舫船无渡空回舟。
枯松不解白头意,古柏含黛笑青春。
三生石上墨迹淡,月老系绳牵泪痕。
犟儿独钟情思浓,药锄苦心葬花魂。
痴仙笑痴尘未了,痴人痴心几未闻。
冬至魄散魂归处,春拂泥土香尚存。

2011 年

奠中秋

月到中秋雾荫荫,十六待圆不见盈。
昼间风残叶不全,一夜惊雨醒寂静。
伏枥壮骥千里行,复望驾云盼天明。
年年愿得月圆时,祭奠空槽方思今。
吾为世殇悲吟吟,世何殇我冷清清。
意俗未尽轻声咳,寄秋几点红腥腥。
论文苦功也勤勤,几断前程几断饮。
苦中备尝黄连味,悠悠思终味甘辛。
诚怜双亲雪染鬓,恨烟遮雾日难晴。
难将此身化翼风,拂去积尘月明明。
更深魂似飘浮萍,只把昏灯觅知音。
昏灯当月陪蜀川,笔墨纸香意馨馨。

1999 年 8 月 10 日

华山魂

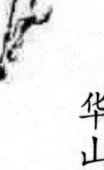

华山岳麓峰峰奇，
绝壁险照夕阳移。
高山流水多自在，
纤指古琴回妙音。
低处举目遮半天，
顶峰远瞻白云间。
雾朦直伫恨天高，
遥见苍穹几棵松。
正是二郎显圣处，
老祖太祖意不空。
一腔魂魄无处寻，
竟化鸿颢觅巍雄。

注：老祖——陈传　太祖——赵匡胤

敢剖此心对天诚

一片忠孝赤肝胆，敢剖此诚去问天。
奈天昭昭白云闲，妄对愚刁不肖言。
幼年饱读忠义传，好学问道敬先贤。
误入崎道任艰险，经世风霜历严寒。

舍己忘利尊亲颜，运败惶惶赴黄泉。
烈日骄骄无常散，把酒长啸泪飞渲。
仁爱仁义不畏寒，孤身凄凄渡江南。
盛时结发叙情缘，败落一朝舍子衍。

愚极不爱偏理浅，多少无知酿悲惨。
可叹私欲系纸钱，一笑灰尘落马前。
宽怀情恋血亲衔，佛心不度枯草田。
宁将割肉喂饿虎，不做弃道丧家犬。

君不见：
穷困颠沛百里奚，五羊相后逢寒妻。
傅说为奴半生凄，赢商兴盛汤帝依。

君不见：
太公直钩钓渭水，八十西伯访磻溪。
韩信也曾遇漂母，高祖封王贵三齐。

嘀嘀——
任怀天道沧桑济，诚誓正道不相离。
不贪荣华不贪财，寂与圣贤问玄奇。

宁将此躯碎玉粉,不与妖邪沦鄙夷。
参得金刚不催义,断江不与世为敌。

一生颠簸总不空,何怕经纶落混沌。
他日冢荒问枯骨,敢昭魂魄耀光轮。
日复轮回寒江雪,千年问道理法存。
五岳江河华夏魂,德载脊梁巍昆仑。

2015 年春

夜未央

夜未央，
夜未央，
更深春来送奇香。
从此天涯情何寄，
半生漂泊那堪伤。

大悲思尽人生苦，禅中有觉破沧桑。
几多诗文觅知己，山峦茫茫绕清江。

弃尘世，宇空翔。
鸿雁天音满怀腔，
惬意悠悠任四方。

嗟乎！嗟乎！
梭影逝岁忙，银丝添鬓霜。
奈何！奈何！
天狼嚎情殇，此世红尘长。

春来孤雁鸣，迁徙意惶惶。
昂首待机啸声扬，志负天道归平祥。
回首笑，
断尘脏，
执手青云赴心乡。

2015 年春

少年狂

少年狂,
少年狂,
酒中历沧桑。
多少浮云散,
麓顶望苍穹。
阔阔日中天无限,
茫茫人海苦无边。
空叹:
脚下土掩英豪骨,
昔日音容今切无。
红颜如青岚,
情思露滴泉。
箫声轻驾微风逝,
草木春秋空相传。
一笑皆谎言,
杯酒祭黄泉。

2015 年春

中华颂

想我中华,沃土千万顷。
江河达道,泰山通灵。
老聃贤哲,孔丘德行。
汉元扩疆土,百家立典型。

遗恨推舟数十年,焉知逆行悖民情。
才遇雄主重千秋,还缺英才辅天庭。
举剑誓除腐根,横刀正义武圣厅。

今当盛诰法德,一扫腐浊宇内清。
梦开神州仁世行,誓除误国奸佞。
褒扬人文兴太平,千年睡狮醒。

抬望眼,华天昭昭。
举目瞭,长城伟屏。
旭日辉照江山晴,文承继千年。
华夏儿女,辈辈出英贤。
谋逐倭寇,联邦和盟亲。

励志,励志,
断头为忠义。
魂魄感圣灵,松柏祭烈英。
传脉炎黄一腔血,敢问上帝智不明。

东洲之巨龙兮,德辉四海。
古国之文明兮,法扬礼信。

巍峨兮五岳伫挺,辽阔兮八荒域平。
号角长鸣,齐颂中华雄魂鼎。

2015年　中秋

遨空遂

墨丝绦,千尺缟。
蹁跹旋舞红尘抛,一曲管笛萦九霄。
驱蹄飞云九万里,碧空银河啸遥迢。
群星熠熠,明月皎皎。
浩瀚太极无穷目,逍遥任性梦缥缈。
悠哉悠哉,
天帝驾辇迎宫阙,玉女舒袖列台瑶。
九龙入云乱腾飞,彩凤四面遍徘徊。
金童捧来琼浆,举斛饮尽沧桑。
妙哉妙哉,西方一天霞彩。
禅开智光如来,八德池刘海钓金鳌。
自在天济癫莲台歌,七彩云现如意。
天籁音绕紫气,善哉善哉。
听一听万古歌声悲,看一看千载苦轮回。
笑一笑自然乐陶醉,静一静禅里会如来。
心欲破阴暗,智明一盏灯。
散舟天河去,缘众渡慧海。
遨游宇光洁霞辉,不与俗世沉冤悔。

2015 年夏

无题

相惜难聚留笺言,
何将错落尘中缘。
空遗柔情付荒滩,
一腔潇湘怨。
思念,思念。

难触桐琴丝丝弦,
骇浪波波摧堤沿。
子期冢前琴腰断,
孤心月下怜 。
幽叹,幽叹。

竹帘卿影歌长伴,
梦里呢喃总缠绵。
此去一念弃江南,
忧思君不还。
莫难,莫难。

2015 年夏

更漏诗酒行

酷暑暴激情,云集劈雷鸣。
飒时天欲破,骤雨泻盆倾。

更漏无将醉,佳酿伴诗吟。
魂误黄粱梦,愿勿污泥泞。

淡食百家餐,素衣不畏贫。
淅淅千年史,沥沥雨中行。

切切思知己,啾啾北雁音。
山高流水声,渔樵对角亭。

明月移竹林,钓翁芦苇影。
燕穿垂丝柳,荷莲眠浮萍。

澄志怜君心,盼日东山明。
渡得百姓苦,方证禅中伶。

夜深寂寥雨停,壶中茶淡盈盈。
自古清流多难,松柏自傲峻岭。

嘘兮,嘘兮。
任它百汇复轮回,吾自酌酒笑东海。
一朝驾鹤往西去,亦来亦回醉蓬莱。

2015 年　夏夜未央

烟花伊人

初好时，
诺诺甸如金。
似是多情女，
未经几春秋，
恩爱付东流。
却原来，
不为白头意。

竟是俗柳浮华，
何为此生计。
宁污娇躯染浊泥，
难榭烟巷虚尘深。
却为何？
落得悲鸿自哀鸣，
啾啾孤雁归难行。
笑可笑，
怜可怜。
风月楼上，
娇娥被风残。
风月楼下，
老叟点旱烟。

2005 年冬月

隐者闲叹

一杯诗酒穷问天,感叹李杜惑当年。
文王不到磻溪去,焉知子牙渭水闲。
君不见,
周郎扶琴英年丧,苏卿赤壁留赋言。
君不见,
韩信遗悔未央宫,十围霸王刎江东。
自古功成几人隐,子房篁庐继范踪。
诸葛祭灯五丈原,白帝托孤总成空。
秦汉悲歌泣长城,明清百姓多冤魂。
英雄佳人逝,河山依旧同。
钱塘潮感泪如涌,西霞血染层层红。
玉指琵琶诉黛眉,古稀斜阳论奸忠。
江滔滔,
雾蒙蒙,
夕暮烟雨锁渔翁。

蝶恋花·怨七夕

宵汉银河星熠熠,
痴情儿女,
鹊桥一朝夕。
梁祝七巧会别离,
草桥婉音长凄凄。

自古相思难相依,
英娥之恨,
七女情难息。
月影常伴涓涓啼,
幽幽怨来若谷溪。

2014 七夕

狮子吼

今夜徘徊难眠,
望月祭苍天。
一杯酒连环,
不醉西湖夜,
英豪难入川。

风云起,怒冲天,
雨潇潇,情沥沥,
青虹剑削私欲凡。

春香阁里拥艳欢,
嘉靖丹丸妄九天。
道腐德伤,凤不朝阳。
任尔魔千丈,
终不抵菩提绵绵长。

泰山崩,海枯竭,
道反不覆辙。
乾坤混沌散,
不如一字禅。

了了了,淡淡淡。
举杯乐颠颠,
嗡嗡嘛嘛吽吽吽。

2015 年春

闲禅

世间风云莫测，
独情一缕萦绕。
唯到深处有解，
仙缘梦断是岸。
千年万世一时，
色空无念自闲。
一眼万里无边，
酒茶杯里有禅。
花自香鸟自鸣，
恍然又是几万年。

破世

肃目伫秋风里,酌酒一觞。
牧魂飞借云台,四方翱翔。
瞰世界轮回里,滚滚沧桑。
切切思无数万,生灵灭常。
贪一世孽缘深,悲情惶惶。
叹宿客为俗生,碌碌勤忙。
极目处暮色远,山野茫茫。
怜英豪醉中醒,蓄志八荒。
孤灯照阅春秋,檀香案上。
秦宫月汉明关,梦断侯王。
琵琶女泪姣姣,日夜弹唱。
老禅僧南山寺,静定寂亡。
少甘罗老姜尚,千古荒唐。
未央宫丧韩信,隐了张良。
鼓盆歌游终南,蝶梦老庄。
古城长女孟姜,泣冤始皇。
何为贪何为欲,名利一场。
岁月逝劫数移,黄粱梦长。
笑一笑宇内空,界外敞亮。
破了尘九泉下,黄土故乡。
生吾灵亡吾身,心悟梦觉。
从法德安本然,平乐祥祥。

2015 年冬

贪官挽辞

一样是炎黄孙，黄土情长。
一样是华夏族，传承河江。
也曾经慈母爱，十年寒窗。
也曾经立宏志，效祖还乡。
荆棘路风霜寒，几经悲沧。
犹思那布衣时，也曾渺茫。

幸不负当初志，今日辉煌。
父母恩家国情，托尔心良。
国民税百姓苦，供尔锦裳。
豪别墅玉馔餐，任尔荣享。
何不念工农苦，日夜奔忙？
昼谋贪晚佳酿，淫乱娇娘！

贫未学穷不医，胞人饥肠。
尔等却千万亿，金币满箱！
日三餐命百年，问君何想？
难道尔聚天财，能做君王？
良心昧人性丧，子系山狼。
何面目对国民，见尔慈娘？

刮奸商吃百姓，蛇蝎模样。
迁国外败国内，汉奸伪仿！
西湖畔岳王庙，秦桧跪亡。
为己私何不想，臭名昭扬？

汝也知包明公，万古流芳。
汝也知建国时，血泪惆怅！

何所为贿贪欲，天良具丧？
乱德法积腐孽，民祸国殃！
悖祖宗祸儿孙，遗患远长。
短理智少忠义，惜叹寒窗！
果有报人无样，悔鬼下场。
只落得千古罪，遗笑十方！

    2015 年　冬云

无缰三昧性

昼夜琼浆渺中息,灵跃云霄御龙翼。
酒后仙体眠不醒,醉闻道言奋慧蹄。

闲暇兜率会老聃,常往雷音听菩提。
随尘随世随处行,生死本然不玄奇。

函关往来性不迷,万年复始道不离。
一朝本元唳空去,德法横空逍世逸。

也曾彷徨西窗倚,潜志遁尘龙潭溪。
历阅今昔悲欢事,驰骋十万秋风里。

此生无为权势利,终逝黄泉何所惜。
纵然世情未曾了,淡思清禅隐云西。

悲欢览尽千古戏,杳杳清魂明月寄。
青莲梅香蝶舞梦,难向桃源觅踪迹。

2015 年 冬晚

魂离三题

游魂

半梦半醒之间，
把灵魂，
从尘凡的肉体脱离。
飘飘荡荡，
让他在宇空流浪。

夜星熠熠，
风清云翔，
月光柔亮。
俯首瞰，
尘世染缸，
尽是情爱叹悲凉。

强盗在掠夺，
疾病在泛滥。
战火，雾霾，
还有杀人犯，
再看自己，
却在沉睡中默默无言。

幽魂

秋雨绵绵,
灯火阑珊。
梦中的灵感,
还不曾遗忘了那天涯海角的,
誓言。

昏昏沉沉,
幽幽杳杳。
竹黄里的吟叹,
打湿了鸳鸯枕上的泪腺。
哀音啾啾,
隐约还闻那未亡的蝉。

茫茫人世间,
怎一个情字了缘。
鹤发童颜,
相思未断。
再看那千百年间,
湘妃竹上,
泪迹斑斑。
何处心寄?
还把那喊喊断肠红尘返。

悠魂

鼾声如雷,
春梦情殇。
白云悠悠,
魂魄离尘荡四方。
遥想当年,
周郎丧,小乔断肠。

化蝶老庄鼓盆歌。
俏妇扇坟忙,
独我携雁问松柏。
古寺钟声音长长,
破了尘,
琼霄望故乡。

一去八荒千万里,
乘鹤浩翔,
啸唳西方。
寿未终,
尘未断。
禅里茗香,
雪松梅苑舞娇娘,
醉颜笑沧桑。

2015年 冬阳

处世酒劫

一壶老酒醉千秋,九曲黄河荡风流。
音雁杳杳,寒蝉啾啾,
浊酒一觞祭悲沧。
豪情未,一曲秦腔。

曹公持戟横江望,
未曾想,赤壁败亡。
自古黄泉无老少,碌碌无为皆空忙。
少年鸿鹄志,皓首白发长。

欲羡陶公南山隐菊园,心慕江上烟霞锁渔翁。
可怜江涛不尽然,斗米也需炊妇烟。
更叹那江河流转,法德沦丧,鸡犬升天。

圣贤遗经卷,尘灰掩黄笺。
蛛丝八卦悬,迷落了多少英贤。
而今不念屈子冤,灭楚平王尸临鞭。

感感叹叹,呼呼喊喊。
劫数悲欢皆本然,东窗阴谋妄欺天。
智者叹,愚者怨。
弃恶源,多存善。

总把日月看轮回,生人当无愧。

笑傲天下鬼魅,遨世贫身不贫骨。
悭音共鸣无相奴,无为天籁无为苦。

呜呼——
吾自向天笑,经传有缘人。
乱世佛魔闹,平乱有天臣。

曰曰——
转眼百年四季风,西湖堤上义士坟。
把酒问雁音何处？情淡志泯意犹存。

    2015年　冬子夜

乐·世风

悟释迦之明哲兮,理老聃之本然,
研千家之所长兮,结法萃汇典籍。
明大道出自然兮,博先贤之精魂,
创三法齐治平兮,彰五德安华夷。

修法全知德明兮,察根源于秋毫,
立风雷律厉行兮,速徙木必效奇。
查滥竽而罢黜兮,诚访贤与南篱,
礼布衣敬志士兮,出腐世之隐异。
集天下之大成兮,化万世之恶积,
引万民知真善兮,乐平和之至理。
诱痴愚识美德兮,除凶顽不姑息,
治残暴顺温良兮,灭乱法于绝迹。

设研院究弊端兮,调政民之和顺,
交国务速立行兮,合德法之顺逆。
保医疗护环境兮,善民生之大德,
兴良教正苗圃兮,安百年之大计。
复耕耘励植林兮,民乐安而祥和,
禁毁坏束采源兮,防反和而物极。
造生态惜生灵兮,任循序之循环,
化人文之德风兮,和万物之相依。

叹历海之茫茫兮,群哲问天,

惜百家之荟萃兮,执学有异。
思江河之奔流兮,千川纳海,
观宇内之轮回兮,万法归一。
然天地之理数兮,变化玄玄,
复日落之日升兮,法道不奇。
非其梦而真善悲兮,实此岸即彼,
宽吾怀而容天下兮,非宽天而容己。

2015年正月

爱，已千年

从东方泻下千缕情缘
染红了西天的云霞
在彷徨中纠结
一杯淡淡的酒
调和了百万丝的尘梦
犹如涓涓小溪
在翠绿中沉醉

静待
岁月的流逝
被风儿轻轻地掠过
一天一天的
伤痕
在音符的跳跃中
诠释了　爱
与眼泪的纯真

黑夜的降临
在月光里
惬意了浪漫的风景真情
随着半天的流星坠落
便沉默了
那颗明亮闪烁的
伴月星

霎时乌云遮天
风卷尘扬　暴雨雷鸣
摧残了
满园的玫瑰
半声哀怜
在落满了花瓣和绿叶的泥土上
寻觅
爱　到哪里去了

晨曦中　夕阳下
一位少妇在哭泣
等待着今天和明日的
轮回
庄子又一次路过
那个坟头上
已长满了三千年的荒草
这次
他选择了默默前行
留下了一路的
叹息

2015年　秋月

理性逻辑两题

抉择

直视绚丽
那是太阳的主题
当感觉到眩晕时
才能理解背后的
阴暗
再用另一种逻辑
思考
忽然明白了
爱上月亮的原因
也是一个主题
然后
理智地活着
才是正确的
抉择
每个人
都有一条自己行走的
小路
也有一条和大伙同行的
大路

醉了

曾经以为我是世界的宠儿
后来流浪的时候
才知道
是我醉了
曾经以为世界上的所有
都是我的朋友
那条狗
和那条蛇
当看着我的伤口
溃烂时
才知道
是我醉了
以为天下的女人都是
母性的
理解了养我的黄土时
才明白
是我醉了
醉吧!
睡个结结实实
是我的期望
不是爱
不是悲
醉了,就醉了吧!

2015年秋

痕迹两首

头像

你的头像
还静静地卧在那本书的
封面上
眼神里满是
清澈　犹豫　圣洁的
表情
我明白你
担忧　期望　想象的
是什么
安息吧
在你那
头像下面的册页里
很多人
已不想再去翻阅
时代的伤痕
时尚的世界里
满天飘落的纸币
已覆盖了你的
眼神
和眼神里的悲哀
留下的
只是两道弯弯曲曲的　　辙

思念

知道
云儿把你驮在了海角
知道
风儿把你掠在了天涯
我的思念
有关于月亮的幽涵
在风雨中历练
所以
我的思念
与我无关
我只是驮着一个灵魂
一个信念
在奔驰的马背上
相恋
在信仰的草原上
回旋
已经习惯了
在默默中承受
十千年的苦寒
已经习惯了
在冰魂的香味里
参禅

2015 年　秋雨

拾粪沃肥五首

等

我站在山顶
远眺
梯田地里的庄稼都收得
差不多了
野鸡　野兔
都肥了
树叶儿
也渐渐发黄了
我等啊等
秋风啊！
你什么时候来收我？
非要我
等到八月的中秋吗？

坟

小时候听外婆讲
天上的星星是眼睛
使劲地眨呀眨
看着你长大
长大了
才知道我的眼睛上面

终会被埋上厚厚的黄土
我的灵
会化成松树为我站岗
我的神
会化成草在风雨里猛长
我的心
会天天看着天上的眼睛
眨啊眨
不再成长

洗

衣服穿时间长了
脏了
放洗衣机桶里
加上洗衣粉
打开水龙头
　转　转　转
肮脏便下流了出来
　转　转　转
卑贱也下流了出来
　转　转　转
卑鄙和无耻也下流了出来
洗干净了
一件一件凉在太阳底下
尊严便高尚了很多
有一种冲动
真想把这个世界

也塞进洗衣桶里
洗洗！！！

雨

秋旱了
今早
终于下起绵绵的
小雨来
让我想起了春天
万物在小雨的绵绵中
苏醒
种子在小雨的绵绵中
发芽
忽然看见：
落在树下的叶子黄了
便感觉
俺的心也荒了
啧啧
好凉一个秋！

2015 年 秋月

就这样活着六首

礼拜天

那天是个礼拜天
我傻傻的
不知道礼拜什么
只好
若无其事地呆着
不曾想
酒　来礼拜了我
晚上
我美美地睡了一觉
梦见　我醉了

男人和女人

我是个男人
她是个女人
谈了几句话
就结婚了
后来
生了个孩子
就开始养家糊口
就离开家打工
再后来

就离婚了
我还是个男人
她还是个女人

不想解释

和朋友聊天
谈起女人
好像有了爱情
谈起理想
好像有了希望
谈起政治
俺的裤裆湿了
我很想给朋友们解释
俺平时不尿裤子
是凉水喝多了
想想
算了
再怎么解释
裤子还得自己洗

一个熟人

有一个熟人
近视眼
朋友多
好酒量
喜欢把摩托车当飞机骑

见面经常劝他
少喝酒　慢点走
好久不见
后来
遇见了他亲戚
说:车祸了
想想
必然的事
但没必要必然的那么仓促吧
他的女儿才五岁

眼睛

夜空中有一双眼睛
它一直明亮着
凝视着
我埋葬着我的理智
终于有一天
我看见了亚诺方舟
那天　灯灭了
那双眼睛化成了雄鹰
在空中盘旋着
巡视着

爱之魂

她和他
在云里的雨里

化成了淤泥
在淤泥上
插了一支叫玫瑰的花
让花生根
她和他在缠绵中
在呢喃中
守护着花的根
那是
她和他的儿女
那花枝上的很多刺
是她和他的指甲

2015 年秋

不死的灵光

心无所系,
在缥缈中回翔。
一味陈情,
却是地不老天已荒。
无志之宏图,
堵截了一片慈悲的心肠。

无所恨极,
原是那劫数的轮回,
在愚昧中破碎,再破碎。
坚韧的磨炼,
在生死的旅程中,
已是金刚不摧。
看着末日的惨烈,
只能在慧光中默哀,再默哀!

情,已不再单一是爱的理由。
满世界漂浮的雾霾,
污染的不光是生的空间,
还有灵的祭飨。
在贪婪与金钱的疯狂中,
心魂在毁灭与堕落的灾难中
彷徨,忏悔。

理性被放逐,

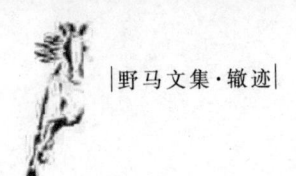

智慧在流浪。
剩下的都在病床上痛苦地呻吟,哀嚎。
好,此世苦,不好,此世苦。
是谁,阖上了先贤的眼睛,
让生命在脆弱中怜悯!

这世界有点乱,
到处堆放的垃圾,
肮脏了动物们高级的思想。
战争还在愈演愈烈中继续,
高尚在下水道里流亡。
奔波不息的江河,
淌湿了五千年文明的衣裳。

爱情,
在餐桌和厕所来往的繁忙中夭亡。
那双清纯晶莹的目光,
还在愈来愈忙的繁殖里
盼望。再盼望……
不亡的灵啊!
是千疮百孔的悲痛和沧桑!

2015 年 秋月

尘缘禅乡

我凝视着苍天
把自己放在静谧里
在风中游荡

地狱中的号啕
天堂里的静祥
都是岁月以后的沉沦

白云飘飘
山河怏怏
无关于我的梦乡

在尘逸中
埋葬了自己
在轮回的日月中隐藏

脱离
凡俗的妄想
或入定　或翱翔

在默默中
居住
在一个宁静的家乡

洁净不染

常青的树林
晶莹的小溪在　流淌

雀鸟在歌唱
天籁萦绕着莲蓬回响
我在孤寂中守望

古琴嘹亮
在一日万年中
权衡永恒的质量

　　　　2015 年　秋天

惬意春秋六首

一

那天
我将半辈子的光阴
扔在风里
发誓
不再承诺
于是
我被冷漠罚站
又是一个
春天
我背负着善良
流浪了一个纪元

二

在一个驿站
我遇见了老阎(王爷)
我向他要
一把闪光的剑
他没给我
我狠狠地砸了他
一酒瓶子
又

踹了他一脚
说：滚
我将永不下地狱

三

我在乡间小溪徘徊
一只相思鸟
婉转地告诉我了
一些关于相思的秘密
于是
我开始了寻觅
一直到
头发白了的那年
我才明白
我上了个鸟当

四

一天晚上
我站在雨里想月亮
听见
一位渔翁
问：
一个打柴的
明日天气若何？
答：
潇潇沥沥！

于是
我失眠了
想了一晚上的月亮
听了一晚上的雨

五

秋夜月儿圆
柳永说：
寒蝉凄切
我就默默地想
想起了
子期坟上摔断了的琴弦
高山还在
溪水还在流吗
够呛
这季节
又惹了相思白头
雁过声哀

六

二〇〇二年
我有幸遇见了佛祖
我问我该怎么办？
他老人家告诉我：
干活
吃饭

睡觉
我苦苦想了三年半
等我想明白了
我还在：
干活
吃饭
睡觉
这次　终于没有
上当受骗

2015 年秋

朝拜的理由

又一次
看见了挂在窗外的
那欲满的月亮
又一次
想起了十五
那个传承中需要朝拜的日子

伟人们不再伟大
先贤们早已安眠
在凝视中
在沉默里
我苦苦地想
静静地思

终于明白
需要要朝拜的理由
不是真理
不是自己
是悬挂在深邃夜空里的
那——
清亮玉盘的
皎洁

野马文集·辙迹

诗酒行

捉住一缕阳光
洒在我的诗行
温暖那千年的哀伤
不再在梦里彷徨

点燃一支檀香
眺望秋夜月光
静守清风中的凄凉
倾听思念在流淌

斟满清酒一觞
两段乱弹秦腔
秦汉在豪气中回肠
淹没了李杜宋唐

遥想兜率梦长
空负天籁宫商
一曲十面埋伏悠扬
世殇了霸王刘邦

半盏淡茶慢飨
且将红尘淡忘
放下那愁苦名利场
逛一逛蓬莱禅乡

2015 年秋

天津8.12里的思索

也许在灾难里
我们才能理解
人类　群居　同胞
这些词的义涵
为什么不用
睿智的理性
来正视我们自己的弱点
而防患于未然
非得用撕心裂肺来祭奠
我们的眼泪

看看那些恐惧悲惨画面
用炎黄的传承来说
他　她们是我们的血亲
用真正的自私来说
我们的亲人
包括我们自己都随时在等待
人为灾祸的末日和未来
当我们还未死去时
我们的儿女在接替着未来
想着那些并不想逝去的无辜
和那些我们不忍心称为
勇士的　可爱的孩子们
首当其先的：不是默哀
而是沉思——
哪次造成悲惨的元凶

不是私欲背后的愚蠢

我们本可以在这个世界里
生而有义
死而得安
而不需要在悲惨中
感动自我
因为上帝赋予了
我们思维智慧的脑袋

而我们
却经常在迷醉中　沉沦
在睡眠里　死亡
然后用自己的愚蠢
去哭丧愧疚的良心
和悔青了的肚肠
而自然逻辑是：
真诚了自己
才会真诚了世界
暴虐了世界
终将暴虐了自己

不要用伪善
追求成功
不要用撕心裂肺
感动自己
否则就会成功地
在后世遗留下四个大字：
千古罪人

附言：
永世不得超生

感言：

　看天津危险品爆炸新闻，又是一幅纪念性的人类人性惨烈画面。心痛！痛心！非自然的人为灾难中的生离死别，总是那么更让人撕心裂肺，难以接受。

　　　　　　　　　　　2015 年 8 月 13 日

孤夜独思

我一把拉下西霞的帷幕
世界一片漆黑
我缓缓抬起胳膊
放开握在手心的月亮
让她冉冉升起
于是
幽暗的夜空
萦绕着万缕　浪漫
我又抓起一把金星
使劲洒向四周
你瞧
闪烁了
满天的　思念

我坐在山前
斟酒一觞
邀来孤独和寂寞做伴
填一腔豪气
歌一段玉谣：
阔空兮
吾将洒酒奠琼霄，
遥迢兮，
吾将何以祭潇湘？
涛涛兮
江河湍流继东去，

茫茫兮
海内多少泪悲沧!
焚一炷檀香
向西方三叩九拜
一觑山河醉

2015年 初秋

岁月的痕迹

我一直什么都不懂
就像十岁的时候不懂二十岁
三十岁的时候不懂四十岁
现在，不懂五十岁

所以，在亡了之前
一直在苦苦地在迷茫中
找寻着
也曾在梦中遐想
也曾在风里思索

在发现脚步的那一天
明白我长大了
却不知道自己是谁
要干什么
于是继续寻寻觅觅
翻遍了大地　云彩
问遍了阳光　月亮

当风中摇曳的小草告诉我答案的时候
才知道睿智的傻子哲学
和理性的沉默哲学
都是骗人的

我抬头看着蓝天，上帝嘲笑了我

问我：你想知道什么？
是的，我想知道什么？
也许我想知道的就是：不需要知道什么
也无须给生命什么承诺

笑一笑，一路走好
活着　便好
路上行走的脚步，自然会告诉我
方向！

于是我明白了：
你在床上睡觉，
我在尘世中煎熬；
他在夕阳里笑。

在要亡去的那一刻
我终于什么都懂了：
世界并不神奇
是我太好奇

2015 年　秋天

贾宝玉吃胭脂

看着那娇滴滴的
胭脂唇
贾宝玉色了
怯于板子和面子的问题
比较天才的石头——
总有办法:
我喜欢吃胭脂

当然
他也明白自己有老太太庇护的特殊条件
所以
这个爱好也就不算过分
何况
很多胭脂女情愿被他吃了
更喜欢他的三种吃法
一、孙子的身份:有家底
二、佛魔附体:有狂势
三、潘安转世:美玉一块

形势太严峻
还不够保密
于是
便必须要神经兮兮滴
装点玄
以至于爱美之后的性格

让贾府的人都觉得
这块宝玉
玄奇地很不同类

一切总不那么隐私
林黛玉窥透了
他那点龌龊
墨玉是玉中之魂
所以便有些点犀之灵
因迫于无奈
也只好常掉眼泪
所以不施胭脂
就成了最爱　最美

但最终的
坦然
还是要避开庙堂的尊严
和
祖宗的家法
吃胭脂的爱好
或许是一种奇病
因为没说明了是亲吻
方式上也不是亲吻
其实
大家心里都知道

最后
还是因为那副没有胭脂的
唇

成了执着中的遗憾
终于
在香消玉殒后
开启了一扇门
门上用胭脂写了四个大字——
我不吻了！

贾政心疼地说
孩子
你真傻
你　你这是何必呢！
同时
薛宝钗的项链
成了没有牌坊的驰名商标
在尘世里
泛滥

　　　　　　2015 年　立秋

红楼感言

玉是
信仰中的灵魂
最后走了
金是
私欲主义
得到传承和
继续
而没有灵魂的
僵尸主义
尽管以爱的名义
繁衍
但是活着
还是
死亡？
或许还真是个问题
不过
总归了，也是痛苦红尘中的
一场梦魇

2015 年　秋立

|野马文集·辙迹|

在宁静里思索

无需再去创造什么
尽管去思索
璀璨光芒里的先贤们
已经用智慧告诉了
所有人在找寻的答案
我们只剩下一个问题：
你找到了么？？？

不要再去伪装什么伟大
在每一位星宿的逻辑中
它已经浓缩成一块铭碑
骄傲自大的自恋方式
向来是卓别林大师的
艺术风格

自闭了的绘画之父　塞尚
在没有门的高墙院里
收获了好多苹果
他在告诉世人
虚妄　是骚乱的代名词

毕加索几何了这个世界
他的左眼看见了疯狂
右眼看见了安宁
在他的哲学里

组合和分散只能用线来表现
世界 ——
只是一幅三位一体的构图

托尔斯泰一直用思索
找寻上帝的存在
最后　他去了寺院
也许他在告诉人类
不要拿高尚去　定位什么
高尚本就是高尚

那些自杀了的诗行
还在疑问哲学里的迷茫
童话传说　释迦牟尼
很婉转地告诉了一个已不是秘密的秘密
你自己就是上帝

再用自我了断的残酷方式
问自己：
你找到了么？
答案是：
给自己一个微笑吧！！！

我可以以廉价地形式
选择两条出路

一：
给围城开一到八万四千扇心门，
二：

拆毁围住了心的城。
要诀:让微笑自己来找我

2015年　定西的夏天

烛光——发亮的另一种理由

我用左手托住了
东边的太阳
用右手托住了
西边的月亮
在心里点燃一盏蜡烛
与辉煌无关
只是为了照亮
在黑夜里疲劳奔波的
五脏六腑
让它们在光明中
走完各自的
生命历程

除了必须要爱的那个
女人
必须要一无所有
所以
也必须要点亮着那盏蜡烛
然后一件 一件
剥离和丢弃 ——
那些沉重的行囊
看着它们一件 一件
消失

太阳底下的烛光

在风里思索
在雨里流浪
没有炙热和寒冷
月亮底下的烛光
在流星里祈祷
在黑夜里燃烧
没有企图和妄想

任世界漆黑了一片
或光明了满天
我还在
等待中等待
光明里明亮
绝不会在阴腐里
霉烂了五脏六腑们
和那副 ——
还没丧尽天良的
心肠

　　　　2015 年　夏伏

跋涉中的爱情

那还是盘古时期
她来了
他是他
他走了
她还是她
至于昨天
留下的那份甜蜜
洒在风里
留下的那份伤感
奠怀酒杯
那句:你还好吗
在风影里已无踪迹

月亮是嫦娥的家
后羿是个
背着弓箭的流浪者
从这个星球到
那个星球
留下了很多　很多
跋涉的脚步
自从射下了第九个太阳以后
就再也没有搭弓射箭了
他怕射中了　心疼

嫦娥每个白天都在等待

每个晚上都在找寻
她希望英雄的神箭射中
她的思念
她不怕心疼
也习惯了心疼
那颗老桂树很老了
她都不敢白了自己的长发

脚步
一个脚印一个脚印地前进
眼泪
一点一滴的在寂寞里思念
还有那副
不朽的
弓和箭
在跋涉里惦念 ——
桂花香
桂子圆

2015 年夏　通渭

昙花一现
——沉醉中的逻辑哲学

我将逝去的
那一刻
安排在上帝的升华中
安排在
自我的寂静中
不再往生
因为
很现实地坦白：
吾将已厌倦了很古老的尘世
因此
也厌烦了往生
爱情　亲情　友情
这些活着的
情字理由　不再是
能诱惑得再诱惑下去的
逻辑哲学

我高昂地
歌唱　自豪　夸张
赤裸裸地逍遥
没人会理解
地狱里的高尚
所以
吾将肆意地
豪醉　放逐　流浪

高傲地坐在魔鬼的殿堂
上帝　沏茶
再来杯老窖　或威士忌
路易十四的传承
并不一定懂得酒中的菩提

希特勒敌不过
幻想的流矢
时代和欲望让他入错了行
达·芬奇最终没透视了宇宙
毕加索的几何图形
诱惑了女人的曲线
却骗不了
华夏的水墨
凡·高的艺术是燃烧中的生命
麦田中的枪声
自杀了印象派的天堂
剩下了宗教
自我欺骗的　信仰
表白了不敢面对死亡的
酣畅

谁来饮一杯《黑色星期五》
用绝唱去理解
迷醉中的地狱和天堂
睡意蒙眬
梦中的人生
情愿远离了愚蠢中的愚蠢
选择　抉择

和智慧无关
谁又能
读了《法华经》
在多宝塔中放个自己
让众生膜拜
再让魔王献上一朵
血红色的玫瑰
和释迦牟尼佛一起谈笑自如

嗷嗷待哺
只是为了一口乳汁
或者是死亡之前的
留恋节奏
那副沉重的罪恶的枷锁脚链
牵绊了几千年
繁衍
酝酿
是为了罪恶的继续
还是为醉了美好的人生

我什么都不知道
因为
我什么也没说
所以
我也无什么而为之
或许
我只是默默地经过了轮回中的
痕迹
也　也许

吾将留下了为什么没在时空中永生的
一面
无字墓碑

2015 年　夏夜

左·零点·右
——关于自我的私密哲学

漫步在山涧
小溪在流
没有太多的主题
幽幽地
悠悠地
惬意的
感觉已经很难有了
大多时间里
自己得把自己交给
经济
和文明

听着云水禅心的悠然
琴箫婉转
渐入梦乡
回味公元前的
流水潺潺
也会流出一些悲酸
于是
甜甜的
也能变成苦苦的
甚至是从噩梦中猛然醒来
惊出一身冷汗

在寂静中

宁愿不去现实了自己
去幻想
理想国中的爱情和
田园
偷偷地享受真挚和
纯洁
用皎洁的月牙儿去编织
浪漫
不再去理会鹊桥的期盼
和潇湘馆里的诗笺

再度安眠
已是月移西天
悄悄地眼泪
轻轻地鼾
嘴角遗留的浅笑
又一次
惬意春秋
留下了几个世纪的遗憾

晨曦梦醒
对镜着妆
洗漱　打扮　整装
把昨夜遗忘
把真诚装在内衣口袋
熟练地用擦　抹　描
等艺术手法
把虚伪堆满在脸上
然后

小心翼翼地
把良心塞进钱包
把尊严垫在脚底
再一次
勇敢出发
继续把自己交给
很经济　很文明的
又一个今天

   2015 年　夏夜

夜幕

夜幕降临了
在月光的潮湿中
感念
怎么也沸腾不起来
夏夜的闷热
开始打鼾
那些风中的誓言
雨中的眷恋
说
人生并不浪漫

在心中
点亮一盏灯
闭着眼睛休息
看得见周围的一切
和黑色里的
景色
岁月如白驹过隙
过隙
岁月如白驹过河
过河
黑夜并不漫长
一转眼
天　就亮了

时空是如此的短暂
为什么
还要在夜的寂寞中
徘徊
腾然回首
一杯白开水
沉醉了
整个人生
把梦
轻轻地
放在
月夜的枕边

  2015 年　夏夜

婚礼进行中·现实篇

一列用纸币豪华了的废铁
似乎很庄严地停在了
豪华酒店的门口
霎时
噼里啪啦　赳赳　叭
叭叭叭叭　叭叭叭
撕心裂肺的破碎
响彻了一大片
文明的天空

于是
很多人捂住了耳朵
抬起了头
观赏着暴虐的分贝
在璀璨中开花
欣赏着廉价的劳动力
虚幻的泡沫经济
在五光十色的炫丽中
爆炸

一对并不新了的人
在喧哗奢侈的音乐里
缓缓地行走在
泡沫制造的雕栏走廊

登上了
塑料假花编造的绚丽舞台
又一次得逞的主持人
高声炫耀着训练有素的
媚俗

新人的父母暂时掩埋了
巨额税款后的心痛
强作欢颜
和宾客们一起编造
现实之梦的谎言
一个时辰后
在吃好喝好的吆喝祝福里
终于剩下了
一片狼藉

酒店的玻璃外边
一位衣衫褴褛蓬头垢面的
老头
用达·芬奇一样的眼光
透视着里面的天堂
那表情
琢磨不透是严肃还是高尚

不远处
还有一位脏兮兮的大叔
坐在脏兮兮的三轮车上
车上拉着脏兮兮桶
他在等待着

用狼藉后的珍馐
去喂他的
狗

2015年 夏阴

公交车上

公交车站
剩下了我一个人
旁边下水道发出的臭气
污染了
很环保的　高尚
我用自己的
尊严
等待着
已经习惯了的　忍耐
公交车
却迟迟不来

路很长
路上的人都在
无言地行走
我已习惯了　独行
所以
不想和不说话的人
一起走

终于等来了
行驶了五千年的
公交车
却发现自己已经在车上
驾驶员

是个驼背
我无奈地
向张着血盆大口的纳税口
投了一块硬币
看着"请文明乘车"的
几个血红大字
很无奈地
笑了笑

我记得有一个医治驼背的
民间秘方
把驼背放在门板上
上面再放上一块门板
然后给上面加磨盘
一块　两块
直到直了　就不驼了
我很想试试
怕驾驶员不同意
按常规
他肯定不同意
我只好继续　很尊严地
忍耐着
高尚　还在马路上流浪

2015 年夏

雨夜

大雨
从昨晚一直下到
今早
世界洗干净了很多
可惜
百分之九十九的人
都睡着了
更可惜
他们在梦里
还撑着伞

2015年夏

沙漠里的玫瑰

独自坚守着那片空旷
信念
在寂寞中徘徊
流浪

沙尘暴的肆意
迷离了
那双清澈的眼眸
逐渐　逐渐
死亡了对爱的信仰

漫无目的奔波
只是
一场
天葬
是谁
焚干了玫瑰上的泪水

老枯树上的
秃鹫
睁圆了那双阴毒的
眼睛
它在思虑着什么？

死亡

还在沙漠里流浪
让狂风吹散了
梦乡

爱
也在沙漠里流浪
风
很张狂
自由了那只秃鹫的
翅膀

狂风里
传来一声寂寞的狼嚎
祭奠着
空旷里的悲沧

   2015 年 中夏

月亮随心

当我孑然一身漫步在河堤边时
我看见了月亮
当我躺卧在床榻夜殊无眠时
我想起了月亮

那清亮的月亮
冰洁的玉盘
总是把心儿系在你
宁静的光环

欲哭无泪　欲喊无声
轻轻地把寂寞的魂灵
受伤的心
安放在你沉默中的永远

那规律跳跃的脉搏
轻声呼唤着生命
我只剩下　咸咸的泪水
惦记月亮上的那份忆念

我孤独地承受着
破碎的折磨
默默地行走　未了的尘缘
理解了西西费斯滚石上山的艰难

我依旧拖着疲惫的身躯
寂寞地缓步在河堤
用苍白的眼光瞅着那
苍白的情感让月亮随心

1996年夏

期盼的羔羊

怀着三闾大夫的惆怅
漫步在江边独自忧伤
黯然沉思五千年沧桑
不见陈旧了霄汉月亮
恨不能有带刺的麦芒
蜇醒睁眼沉睡的色盲
老庄释迦觉悟的慧光
医不好病伤深入膏肓
色欲塞填不满的胸膛
容不下真理性的悲凉
奔向地狱华丽的走廊
是否一战二战的世殇
痴欲灰暗了人类智商
践踏希望文明的翅膀
愚蠢摧毁自己的楼房
夸耀创造着世纪辉煌
狂追撒旦贪婪的虚妄
飞速遗忘昨日的灾荒
这些将被屠戮的羔羊
泪眼仰望期盼着上苍
祷告希腊古庙的神杖
能否通达睿智的天堂
祈求布达拉宫的钟响
能否惊醒迷醉的癫狂

凝视血泪斑迹的夕阳
默默惦念这个家乡 这个村庄

2010年夏

母亲的呼唤

我的身体
曾经是你们快乐奔跑的草原
我的胸膛
曾经是你们自由飞翔的蓝天
我的心脏
曾经是你们听着儿歌的摇篮
是为了温暖吗
你们继续挖掘着我的骨骼
是为了奔驰吗
你们还在吸吮着我的血液
是为了饥饿吗
你们把我的儿女 你们的同胞摆上了宴席
是我 还是你们自己
给孩子们留下了狼藉的剩筵
我给你们留下了满箱的珠宝
孩子们捧着它的璀璨
饥饿地流浪在荒田
我不是想高高地站在云端
看着你们宣扬我伟大的诗篇
啊 美丽的大自然
我只是不想
让我的孩子失去幸福的笑颜

2010年10月25日

记外婆

苍老的岁月让你鹤发童颜
人生忆念抹不去古稀的童年
历史留下那紧裹的一双金莲
曾经跋涉过那悲痛沧桑的岁月和苦难的万水千山
层云似的皱褶隐藏着古老的神话
慈祥的面孔笑含着古老的传说
炯炯的眼神毅视着八十年前的往事
悠悠地歌诉着故乡山村的谣言
她和孩子们同在一页方舟
孩子们和她共享着那片蓝天
神话是多么的遥远神奇
歌谣是那么的娓娓动听
美妙的一幕幕瞬间
让江河逆流到很远很远的从前
幸福　苦难　甜蜜　伤感
那白云一般的童年
让外婆和我们的话题不变　微笑不变
到……永远……永远

秦州 1995 年 12 月 27 日

父亲

您虚怀若谷的胸怀
无言地隐藏着慈爱宽容的尊严
您疲劳的血液
不尽地漂染着惨淡的浮云
黄土地的背崤上
伫立着一个佝瘘的身影
在人生的片页上
写塑着一个个苍劲的字体
岁月带走了您的魄力
历史留下了您的刚毅
大地上迈过的脚印
抹不去您永恒的功绩
狂风暴雨中您坚强不屈
困苦磨炼中您刚正不阿
却为了那天边惨淡的浮云
您强忍着心中那隐隐的伤痛

1996 年

冬的纪元

我踢踏着归根的树叶
哗哗地
走出了秋的边际
什么时候 谁把
薄薄的银霜
渡上了枯草的脸
是谁 把几个白首老头
捉进了阳光
诉叨着一九四九年
沉静的湖边 是谁
穿了黄色的袈裟
舞着柔柔的太极拳
哦 这是谁家的麻雀
凑在了我的耳边
说现在是冬天

   2010年11月3日

镜中醉汉

深夜　我
一个人落在了桌前
只有昏暗的灯光作伴
我一杯杯满上
桌上空空的酒盏
一口口灌到
空虚寂静的胸扉里面

能感觉到心跳的快慢
却没有一丝的灵感
桌前的镜子里边
认得清是我自己
琼浆滋融着我宇内的五行
镜中的人
成了另一个自己的别人

或许　我和他素昧平生
那人脸红到脖根
一双特别的眼睛
布满了根般的血丝
似情欲充涨着兽心
瞬间　他紧锁了双眉
开始思虑人生

手托了斜着的下颌

似一伟大的先哲
蓬乱的发成了螺旋
他微低了腮 稍点了头
活脱脱一尊活佛

一阵阵阴晴换转的
那张脸面
实在是愈看愈难看
分不出里面 看不清方圆
世界乱成了一片
只觉得心里面挺烦

他又低了头
觉得自己卑鄙下流
闭了眼 一生死不得闲
回忆以前情感 如拉弓射箭
睁眼一看 自己还在人间

一切都没改变
何时能偷点时间
到一个清静无杂的空间
让我享受 那死去的极乐西天
我还要去畅游
罪恶地狱和那美妙的天间

天亮了 酒醒了
坐在梦的边缘
细细地阅读了昨晚
原来俺是一条

醉了才
多愁善感的汉
忘了穿鞋 去洗脸

　　秦州1999年9月29日

感悟两题

或枣红，
或海蓝，
或黑色……
当诸色渐渐淡去的时候，
我带上了墨镜。
所要掩饰的
只是一种真诚。
这个世界
好像不再需要
真诚……

我站在云霄，
看见了空阔，
理解了寂寞。
雨果说，
这个世界
是悲惨的。
最快乐的是坟墓。
仅仅是因为
一个平静的世界。

真诚·谎言

人类
喜欢真诚
也总是喜欢把真诚
挂在嘴上
事实上
他们留给自己的
真诚
已不多了
为了私欲
贪婪
为了凌辱
霸占
这个世界
基本上已经习惯了
谎言

小诗两首

习惯了

习惯了
在深秋等待
雪花
能否超越死亡
的概念
至于往生
呵呵
那是另一个人的
故事

深秋

深秋
雨淋湿了
我的心情
深秋
蝉唤醒了
我的怜悯
深秋
哎 ——
我将不再是诗人

自传

我脚踏着土地
头顶着青天
倚靠着千年老松
远眺着麓麓岳峦
耳听着江河奔流的喘咽
一会儿心静如空
一会儿浪潮滚滚
挂在桂树上灵魂
霎时
近在咫尺
瞬间
已远在天边
那个傻笑的我
还痴痴地
站在人间
一会儿在海角
一会儿在天涯
吼着秦腔
倾诉着悲沧

2015 年夏

别污染了——本就洁净的心灵

不管是苏格拉底风格
还是庄子梦蝶的精神
都综合不了
每个人的思想
能够记住　自己
善恶的脚印
便好

不要企图
什么伟大
假设和真相
都是一样的遥远
也不要企图
什么高贵
这些抽象的理由
背后
也许是肮脏的阴谋

千万不要忘了
自己的思想
行尸走肉的形式
不但愚蠢
而且很丑陋
做人,要有自己的风格
宁可终老荒山

不要遗笑九泉

新闻　明星
漫天飞扬的垃圾碎片
在这个
很雾霾的世界里
撑起一把睿智的伞
别污染了
本就洁净的心灵

　　　2015年　夏天

默默中苦行的——另类

行走和酒饭时
还觉得
自己很是个人类
可总是在芸芸众生里
淡泊
终于把自己淡泊成了
一个另类
他们都看见了我
却漠视了自己
我依然在尘世中徘徊
在默默中苦行
汗流浃背
虽然已忘记了我是谁
却总是不敢漠视了自己

我在自己的心中
还在惦记着
那尊佛
也迫切地
给予上帝以希望
可在失望的背后
我将祈祷转换为思考
为什么您还要占着那个
虚设的宝座
我要动用尘封已久的法宝

媚俗
来讨好您
让您借给我　您的宝座
一天……两天……
等我梳理好了
救赎　惩罚
再来做你忠实的子民
继续……
在默默中苦行

　　　　　2015年　夏晚

爱情——并非是哲学的命题

爱情
在虚幻中逝去
又将在虚幻中浴生
那朵玫瑰做的云彩
时而被狂风吹散

缥缈的爱情啊
仅仅能用一枚戒指
表明或者
证明什么?
那可是心中的一潭清水啊
那可是血液中沸腾的一团火焰啊

爱情
并非是哲学的命题
也不是
会短暂蔫掉的玫瑰
爱情
熔化掉自己去孕育生命
太辛苦的轮回
不能拥有时
但愿不存在
就让孤单的灵魂去流浪吧

爱情

不会寂寞了人生
不会荒谬了尘世
或许　也能永恒了灵魂

爱情
真是座炼狱啊
炼狱啊 ——
辛苦的灵魂不愿孤独
爱情
并非是哲学的命题
只能在
浪漫中轮回

　　　　　2007年　初夏

生命——难以放弃的历程

生命啊
怎么可能放弃
虽然你不是我最终的归宿
我怎么可能把你放弃
虽然你闪烁的光是那么微弱
但我怎能舍得让你孤独
一起走吧
让我搀扶着你
走完你最后的历程
虽然我并非上帝
但我不能
让你在最后的旅程上孤独

在战场上自相残杀
在尘世中相依为命
生命啊
我们不能让你去孤单地熄灭
为了我们的意志和灵魂
八万里路遥迢迢
让我搀着你背着你
走到家的门口
安息　你走吧
生命啊生命
我没有让你孤独地离开
这个没有灵魂的世界

我也要远行
难道不是么
我们演绎了一场绚丽的永别

     2007年夏初

雪是一盏灯

漫天飞舞的雪花
用它纯白色的语言
唤来
峭壁崖的回声
用它纯白色的光泽
点亮
这个已经很灰暗了的世界

雪娃娃的天真
点缀了
无限苍凉的荒原
孩童的灿烂
惊醒了
无数沉睡的笑颜

腾然回首
已五千多年
不死的回忆
和那些——
动人的神话故事
感人的爱情故事
萦绕在梦中

豁然明朗
却原来

雪是一盏灯
灯
是一颗心

1996年元月

古老的年惑

眼前咫尺着
古老的年
拿什么祭奠
逝去的童年
一岁一岁
落入世俗的套圈
沉重的肩膀
玷污了那片　蓝蓝的天

忙忙碌碌地
活着　吃饭
无奈　隐藏了
已不时髦的
真言
干渴时
用酒来浇灌　那亩田
却怎么也　难以下咽

是什么
欺骗　惑乱了
人世间
总是把诺言变做了
谎言
把问号挂在天边
可怜的良心

你安宁吗?

日　夜
在轮回　在旋转
没有过
停留的时间
有一天
我们把岁月走到了
终点
亲爱的你
亲爱的我
你我
还能留下什么　遗言

　　　　1996年元月　秦州

雨浴

深夜
大雨滂沱
冲洗着肮脏了的尘世
我伫立在雨中
高亢喊问：
你能冲洗掉
灵魂上的垢污么
你能冲洗掉
愚蠢造就的罪恶么
你能冲洗掉
大爱中的沉痛么
如果能
我情愿从热血沸腾的
胸腔中剖出
那颗血淋淋跳跃的
心脏
让你冲洗掉
他上面
血红色的——
情感

2002 年 5 月 4 日

末法年代

魔王
为了满足无止境的贪欲
在末法年代肆意掠夺
他以纳税的形式
用纸币上的人头
收买了人的灵魂

然后派来他的左使
愚蠢和自私
以交易的形式
用印着尊贵人头的纸币
收买了人的良心

再派来他的右使
贪婪和奢侈以豪夺的形式
装潢了地表的垃圾
横行　　飞驰
毁坏着人的家园
摧残着人的生命

又派来他的特使
疯狂和放荡
以信念信仰的形式
让人自己编排荒谬的剧场
自导自演僵尸般的舞蹈

让疾病　　罪恶
——蔓延

魔群们的尊者
嫉妒和谎言
带领着魔族的子孙们
在正义善良的灭迹中
讥笑　　狂欢

可怜的智慧
躲在西天的云层里
看着自大　自满　自欺
—— 的人们
哀伤,流泪
用怜悯而默默地祈祷

　　　　2015年春

祈祷

我掏出灵魂
吹去上面的灰尘
站在自己的圣殿面前
虔诚地
默默祈祷

看住了心的孤寂
让思想涅槃
远离
缩住肩膀的渺小
和张开胸怀的伟大

我抓住上帝的脚跟
让悬挂在空中信念
给真理让座
还能否让荒芜的天堂
充满真诚欢乐的笑声

天使的洁白
虚幻了翅膀的天真
我默默地祈祷
告诉我
西西非斯
滚石上山的理由

2015 年 初夏

疑问太阳的内涵

太阳啊阳光
歌唱了你几十年
却照不明地狱里的屈冤
为你流了多少血汗
却晒不干我眼中的泪腺
为你留下了五千年诗篇
却照不明历史的长天

是你的仁慈吗
你的温暖
复苏了生命的又一次纪元
是你的遥远吗
你炙热的烈焰
焚化不了丑恶的罪源
是你的冷漠吗
你懒得去穿透
雾霾背后的谎言

霎时间我迷惑了
是该崇拜你伟大的烈焰光环
还是去理解月光的清幽柔婉
诗人们
请用灵魂的语言
能否告诉我真诚的答案

2015年3月

|野马文集·辙迹|

我是尸人

我开发耸高挺立的楼房
不是鸟笼
是我为自己建造的
坟

我挖掘并不属于我的宝藏
是为了给我装饰
华丽的
坟

我吸食着贱民们的血汗
让愚夫们给我效劳
只有他们才能
给我建造豪华奢侈的
坟

战斗吧
我愚蠢的臣民们我给你们准备了最好的葬礼
和豪华殉葬品
为了你们丑陋的灵魂
都来信仰吧
那伟大的
坟

那印着尊贵人头的纸币

那用黄金铸造的马桶
那些失去自尊丰乳肥臀的女人
膜拜吧
因为我是
尸人

海啸,天坑
地震,雾霾
癌症,传染
战争,艾滋病
是我闪耀着的无限慈悲
是我赐给贪婪的人类
最好的祭日礼物
因为我是伟大的
尸人

2015年夏

电焊工

我腾空一跃
到了霄汉
托起了彩虹
接通闪电
把彩虹的两端
焊接在
银河的两岸
能通往月广寒宫
告诉织女
宫里的机杼可以纺织纱线

牛郎担着孩子
从桥上走过
在月亮东边
置办了三亩田
他把那头牛
拴在了桂树的旁边
两个孩子
和玉兔一起玩
太阳
晒红了娃娃的脸

      2015 年春

受笞挞的宝玉

宝玉何罪
庙堂贾政
不识真假
竟然把他笞挞地死去活来

他吃了娇娥红色的胭脂
并不曾喝了百姓的血
你竟然残忍地
让老祖宗流着哀伤的眼泪

他虽然时而丢失了魂灵
却也知道怜爱水做的芙蓉
你竟然愚蠢地
让他跟随腐臭的贾代儒

在白茫茫纯洁的雪地里
他赤着脚穿上了红色的袈裟
你可曾慈悲过
他跪拜之后的寂寞了悟

善哉……罪过……
你愚昧的逼迫
在信仰真理的背后
他将……不再是你的子民

2015 年

野马文集·辙迹

半夜的脑膜炎

当我将自己的灵魂
托在白云上
轻轻地放在天边
想从历史的泥泞中
找回生命的情感

于是
我将信仰
包入圣洁的莲
写上地址
回寄到了始原

我捡起了十多年前的面具
为了掩饰真诚
和墨镜一起
套在了麻木表情的脸

我将自己扒得精光
穿上真丝编织的欺骗
纯棉纺织的谎言
走向繁华的苦源

我刚要迈开罪恶的脚步
却发现自己还悬在空间
回头看见

月亮上那张天真的笑颜
牵住了我
萦绕在耳边的诺言……

2015 年春

文·史·哲

将酒杯
搁置在精装版的《史记》上
漫步在潇潇历夜长廊——

太史公　苏子卿
杏花村　泰山祭
九条龙用尸骨筑成了长城
嬴荡举鼎
毁灭了霸权主义的存在
因为我们是群居动物
没有人想被奴役

三皇的禅让
奠基了举世的东方文明
几多英豪　几多巾帼
在这条滔滔长河中大浪淘沙
那些感动和悲欢！

老子出了函谷关
在并不道德的空间里
随处可见他遗留下的《道德经》
释迦老师的证悟
让整个宇宙变成了一片海洋

可怜那些男男女女

都在智慧和愚蠢海浪中沉浮
凡·高对生命的焚烧
毕加索对本然的综合
而华夏
还在工笔　写意　书法

一二战之后
进化了贪欲
蜕化了文明
在迷茫了灵魂的时代
战争是唯一的存在

自杀
永远是人类的哲学逻辑
也是对生命最有力的诠释
剩下的
是——
等待……

至于爱和智慧
已结集在金字塔里
在疯狂的末日里
期待下一个劫数的轮回

譬如红楼梦里
那块石头披着红色的袈裟
在雪地里留下一串赤着脚的
——印迹

　　　　　　2016 年　中元

等……

那是在江河滔滔中的五千年
在一片太阳升起的地方
我在等……
三皇五帝
开创东方文明在时空里的璀璨

那是个沦落在战乱里的春秋
诸子思觉百家争鸣
我在等……
东周的老聃鲁国的孔丘
回答群居的生命在哲学里活着的逻辑

那是一个辛亥年
千年的篇章已不想在陈旧里沦丧
我在等……
一场轰轰烈烈的革命
谱写史诗里更为华丽的走廊

那是嵌刻在纪念碑上的一九四九年
即将结束了炮火在肆意中泛滥
我在等……
一位会写诗的巨人

宣布了华夏在地球上崛起的伟言

那是在一个世纪交替的纪元
贪欲吞噬了天良的本然
我在等……
法德澄清阴霾的一天
让我们永远幸福在希望的草原

　　　　2016 年　元月深夜

弥留之际

我的所有
化成生命的体征
在病床上燃烧
在绝望中呐喊
那双手
在空中乱舞
你想抓住什么?

为什么还要在
行走在终点的路上
创造痛苦?
为什么不让笑容继续?
为什么要用愚蠢
解析我们所犯的罪!

当徘徊在弥留之际的时空里
你所想的是什么
是安静
还是悔恨?
什么时候才能幡然醒悟
让生命继续生命
让生活继续生活
让你和他
都和"我"一样
安详在宁静的天堂?

上帝啊！
我禅坐你的床前
静候着安息的
——钟声

2016 年　元晨

祭小白

你带着黄河的喘咽遥逝
惊愕　沉默　无言
夏季的风
吹走了一世的面缘
留下了一场雪的遗憾
伫立在云头上的你
仿佛还在电话的那一边

世界
往往比我们想象中的更悲惨
无须留恋
你的生命
已经谱写了自己的誓言
也救赎了那片属于自己的荒滩

默默地
理解　承受
尘俗中的鬼蜮
然后选择别离
去远行
解下苦痛的行囊
任罪恶　愚蠢
继续蔓延　泛滥

我看见了
你在朵云头上点燃的蜡烛

清风悠悠
放飞你的灵
在星际中吟唱你浪漫的诗篇
你就是装饰天堂的
那道风采

在醉月下
在碧波里
等待
我会带着宫阙里的琼浆
与你同醉
共享那首彤云彩霞里飘扬的天籁
朋友
等我
在红尘末路的未来

    2016年元月14日
    奠诗友江小白

关于自己

一

那天
我站在云霄
看见
尘世一塌糊涂
下来后我就努力要求
自己做好

终于有一天
感觉自己真的做好了
便又爬到云霄上
往下看
我看见——
我死了！

二

我就这样
静静地
看鱼
游来游去
水流声潺潺

把灵放在界外
让他自由
至于积雪
让它在阳光下
安然融化

三

当我原谅了过去的时候
已经无所谓了未来

一次一次的
原谅　再原谅——
悲催的泪水
绞痛的心
还会计较什么？

百年的烟囱
千年的坟
和回眸的一个微笑
谁又能明白
那转过头的眼泪
和背过身的沧桑……

沉思轮回中的春天

寻觅,一个永恒的主题,
不是生命,是灵,是魂。
雪在飘扬,在雨水的概念中,
它很难代表一个夏天。

大鱼还在继续——
吃着小鱼。

这个世界的春天,总是期望太早,来得太晚,走得太快。
能否再经过秋天的思念,
把冬天升华成一种温暖?
作为生命的忆念?

沏一壶茶,去品味自己的——
心!
除了跳跃,它似乎还有话要说!
总是在贪婪中迷茫,
又去苦苦地追寻,求索……

遗忘了"我"需要什么,
"我"是谁,
当得到了很多时,为什么"我"
总是藏在灵魂的背后哭泣?哀伤?

在现实中活着自己,

在梦里幻化自己,
你是否在天堂给自己备好了一张床!
为什么要在愚昧的喧嚣中悲亡?
而隔离了高尚、伟大,以至于善良!
最后,让灵魂在地狱煎熬,
在下水道里流浪。

记住了,生命不单一地是个——
句号。
我们都已经历了五千零十五年的变迁,
演绎的总是战争、灾难,
继续的总是迷乱、感叹,
轮回的也总是一个春天,
又一个春天,
和
下一个春天。

    2015年冬至第二天 雪

无情的爱

一滴眼泪一片海
海鸥知道
海的
咸味
冰山倒塌的一角
坐不住雪

没有春天的世界
北极熊在
唱歌
幻想着滴血的
玫瑰

上帝
在绝望的山顶
建了一座灯塔
泰坦尼克号
沉了

大海的沉淀
就是爱的
宝藏
她有足够的胸怀
奠　殇

用人类共同的一种语言
表达
来　去
一样
月光下
爱在畅想

2015年 冬夜

并不遥远的思念

流吧
让畅憨的眼泪
直到滋润了
爱的心田

她
躺在草地上
仰望着那龙马变换的云朵
把爱
轻轻地装进　千年

我站在月亮上呼喊
扬起牧灵的长鞭
把那些云儿的思念
一朵朵
赶进彤红的晚霞

然后
栖息在月里的桂树下
依偎着
看夕阳西下
守候着
轮回里的一个又一个
春天

　　　　　　2015年　冬阳

写在圣诞

看着十字架上的圣　耶稣
真不理解
狂欢的理由是什么
为什么
要用愚蠢来遮掩
那些荒诞荒谬的谎言
圣诞节的那个夜晚
是我遗忘不了的童年
三毛在流浪
小女孩在卖火柴
那个注定要受难的圣者
来到了人间
预订下了一桌　最后的晚餐
每一次流着鲜血的宣言
都有圣者在殉难
而一些人
用狂欢来祭奠
还有一些人
继续演绎着犹大的背叛
上帝以爱的名义怜悯
用圣者的鲜血
染红了那颗苹果来祈祷
世人的平安
又以爱的名义告诫

不要用犹大的眼神
欺骗了那桌
最后的晚餐

2015年　圣诞节

未曾死亡的爱恋

昂首问夕阳
何处是归尘?
在梅季中张望
那杯茶的苦衷
继续
继续守候着寂寥中的纯真
思虑着从人生里走出人生

那些伤感的雁
本是上天赋予了迁徙的灵感
淅淅沥沥中
可曾尝到相依的甜
把思绪放在风里飞扬
让爱在世俗里魇殇
一阵秋风略过
脱下几片思念的羽翎
飘落在梦里酣畅

优柔的月光
铺在湖面上荡漾
那些熠熠的星点
可曾记惦着荒漠上那匹
还在继续流浪的野狼
在没有结尾的结尾中
继续　徘徊

继续　寻找
埋在阴霾中的太阳
直到
有滴血的玫瑰
插到含笑九泉的坟上

多年以后
还在雨季里默默祈祷
亲爱的
一路走好

2015 年　冬晴

雨夜,我走在马路上

从朋友家出来,是凌晨三点。雨滴还在洒落着,我,便走在了马路上。就我一个人。

马路两旁的路灯很昏暗,幽幽似的,让人觉得很乏力。整个天空犹如一口大黑锅,扣住了这个世界。

这个世界也便剩了我一个人。还有那些伪造的建筑群,很灰暗地在我的两旁伫立着。刚刚还在落的雨滴,停下了。我继续走着,没有停。

夜已经很深了。

我没有喝酒。令我奇怪的是,这条街上为什么连一个醉鬼都没有。或许是刚才落了一阵雨的原因,一个鬼魂都看不见。

是的,那些喝醉了酒的总喜欢在深夜的马路上游荡,还有那些鬼魂。我不怕鬼魂,因为我连人都不怕。

从大锅里落下的雨把这个扣住的世界漂洗干净了许多。白天,这条街上有很多肮脏的人、垃圾、噪音。现在什么都没有了。马路又湿又黑,又寂静又干净。就我一个人,走在上面。

我有些震撼,这个世界上,就我一个人,除了那些伪造的建筑群,我一点也不感到寂寞。偶尔有几辆像死了的猪似的出租车,一点声息都没有。由于他和我一样的渺小,所以很难归类到那些灰暗的没有生命的建筑群里去。

我是在忍受着一片一片的肮脏和噪音去朋友家的。在房子里聊着灵魂时,听见窗外落着雨,好大一阵子。

出来时,世界魔术般地变了样。看不见了肮脏,听不见了噪音,一切的一切,在短暂的时间里消失了。只剩下了我一个人,走在雨夜中

的马路上。

我的感觉告诉我:曾经过了多少周折磨难、好不容易被净化了的雨滴,被世间的灰尘和垃圾弄脏了。我的理智告诉我:脏了的雨滴清洁净了的世界只是暂时的。因为这是一种被欺骗的、海市蜃楼似的虚假。

悄悄地,我被污染了。就那么不明不白的没有了感情、没有了知觉。感觉到自己在飘。泪,从眼眶里静静地流了出来。我就自由自在地飘着,不怕被什么玷污了。死猪似的若干出租车和我一样,太渺小。

泪,犹如那高山壕间的潺潺小溪般清澈。我突然明白了:我是在为自己的泪水感动、哀伤。多么纯洁、清澈的眼泪,被我添加了淡淡的咸,我弄脏它了。

和那洁净的雨滴一样,被这个世界弄脏了。

我眨巴眨巴了眼,挺起了胸,又走在了雨夜的马路上。

我的理智格外的清晰,清晰到:这个世界和我都成了一片空白。

我没有喝酒,马路上也没有醉汉和鬼魂。一切都非常寂静。就如被我弄脏了的眼泪。

我喜欢夜,也喜欢雨滴。更喜欢雨过天晴的月夜。但今晚不是。大锅里没有星星,也没有月亮。

可我心里有。有雨过天晴的夜晚。那月亮就和花瓣上的露珠一样晶亮,银河就像流过的泪痕一样暗淡。就是出现的次数和今夜一样的少。

愈是少,愈是珍惜;愈是少,愈是思念……

现在,我必须得从这条马路上走过。就我一个人。

1989年5月　秦州

为了一种深沉

当年学美术时,从来就没想过为什么要学,只是凭着一股爱好、热情和感动,凭着一股要宣泄的欲望。是那么投入那么疯狂。

后来,生活迫使地断断续续了几年,终于丢弃了。忽然间,我的一切都变得那么空洞无盐。无奈,就掌起了书本,不光是为了打发寂寞,还想着从中能找到自己。于是就不分昼夜,筋疲力尽地苦读。也是凭着一股热情和感动。也是那么投入那么疯狂。呵呵,生活规矩的紊乱,导致营养不良,然后是杰克·伦敦似的虚脱,差点没把命给读进去。就下决心不读书了。之后,在还借的书和处理自己的书的过程中,总算是找到了自己。然而存活与世俗的逼迫,又常常使我丢弃着自己。有时候就如一叶旋转在漩涡边缘即将被吞噬的小舟。幸而每一次都会很艰难地逃离。之后也想,我好像找寻的是一种寄托,而不是瞬间的漂浮与刺激。

再后来就尝试着去写东西。不敢说是"写作",那是带"家"的专用词,得要证的。咱除了身份证,别的证是一无所有。虽然才疏学浅,这点"道理"咱还是懂的。所以选择写东西的原因是,只有笔和纸这两件既简单又廉价的东西能让自己畅叙情怀而少遭一些人的白眼,还有个好处是能记叙我脚印踩过的痕迹。和当年学美术、看书一样,也是凭着一股热情和感动,还是那么投入那么疯狂。

可是终于有一天,突然感悟了,我并不是真正的爱这些东西,只是在利用这些东西在寻找一种深沉。

那是死亡的感觉和生命的终结。终会有一天,我的身躯将如同运转的机器一样停止;会如同秋天的落叶般终将腐烂。所以在有生之年,得为自己的灵魂找一块安息的净地。也意识到在宇空中寄放我灵魂的那颗星终将会如同将息的蜡烛般在我的生命终结时而陨落。所以就疯狂地找寻着一样东西能够附着我灵魂的质地，让后辈们在我灵魂中读懂墓碑后面的铭文：我将永不寂寞！

2009 年

发牢骚

是这个世界的错。当初,不结婚的理念是对的。一个恩,一个爱,害了我,也害了这个世界。就是这个性格,也就是这么个人。所以,啃书本不是我的错,就是喜欢。再就是喜欢完了女人之后。想逃离这个世界,却发现和这个世界粘连得那么紧,以至于和你、和他。总是相信有事来了,就肯定会有办法了事。可是在不了之前,也烦烦地愁着。不管是别人还是亲人,不想有因为我的存在,去骚扰了人家的生活。一直以为,自己是对的,理由是什么事都想着大家或者是别人,甚至是这个家国,这个世界。后来才发现错了。真理在私欲面前一文不值,道理换不来半个馒头。帮起的,受恩的,抬起头来之后,指着训着你,说:你是个什么东西?然后选择隔离。困难也是一种病,传染不传染,也得紧紧提防着。

不想说谁,就是自己吧,高尚的时候饿了,也会去抢别人的馒头。吃饱了,便懒洋洋地高尚着。再不想着抢别人的馒头了。至于剥夺,是不如辛苦些好。一、没有枪杆子刻得章子,二、没有套鸟的网,三、老子清廉得有些痴呆了。所以,就这样呆呆地活着还不行,怕你是坏人,时不时地还得查着。查着的也不是种地的,可粮还得吃,于是,就多多少少地剥夺一点。隐吧,也不行,因为你不是士。藏吧,看你藏到哪儿去,你是办了证的。

事也做了不少,自己想着对得起小的,也对得起大的。有点感觉高尚时,让别人指着鼻子说:你傻啊!做事也想发家!呵呵,不做能怎么着?咱又没有入网证。再就是这德行,入了网也是自杀。然后就像一个朋友说的,二两劣质酒,蘸着臭豆腐,抹抹嘴,就算是找着自己了。伤心了也哭,有亲人朋友殁了,再就是撕着烧结婚证的时候。没有晴雯那么大的脾气,也顺便指鹿为马地哭哭这个世界。不管怎样,还得给自己留点底薪。良心,还是很有可能卖上高价的。现在也可能涨价了。除了被狗吃掉的,还得留着一点。尽管有人早已对其垂涎三尺了,所以我不卖掉它,是这把贱骨头,除了又臭又硬外,也实在是榨不出什么媚态来了。如果非得卖掉不可的时候,我还是情愿被狗吃掉的。以便讨好狗们在吃掉它之后再吃掉我的残骸,便一干二净了,也不至于我留下的残骸肮脏了这个世界。

　　我呢!就趴在月亮上看。高兴了笑笑,伤心了哭哭。没事干了就飘着玩。听说那上面能飘,也干净些。

2010 年

与小说无关

对于小说,我不敢评说它的作用与价值。高尔基曾说:一部小说,一本小说,当你翻开它,就是一个世界。我不否认这个观点,但我也敢说:一部小说,也是一个人生。也许更确切些。读完一部小说,感觉自己重新生活了一次,感受了一次不同的人生,那么,无疑这是一部好作品。

我以为,一位作家的作品,是作家对自己生活、情感的真实表述。无疑是把自己的灵魂融入其作品之中。这一切都是真实的。虽然有些内容是虚构的,但这对作家的情感、作品本身是没有影响的。本身生活也是一个虚构的故事。整个世界在某种意义上也是虚构的。

有一点,人能超越自己,却无法超越生活和这个世界。

有一些艺术的内涵就是用虚假来表现真实。当然,也是用虚假来表达真实。

我有一位朋友,这位朋友和我至亲至近。我了解他的一切,包括他的意识,感情。但有的时候我也不知道怎样来表述这位朋友。原因是他就如同一锅粥,不知是拿什么原料做的,也不知道是拿什么调料调的,喝起来什么味道都有,可又说不清是什么味道。可能是五味俱全的原因,所以什么味道都没有。也根本和他谈不上什么距离。当你觉得和他相近咫尺时却很遥远,当你觉得和他相距千里时,他总是在你身边。就如同自己和这个世界的关系一样。

这位朋友就是另外一个自己。

总有一种这样的感觉:或在身躯里,或在意识中,有一种东西,是非常非常的洁净,像雪,像淡蓝色的天空。知道是自己以后,有时就把他挂在月亮上,或给予一颗闪烁的星。烦了,就干脆隐没于深邃的天

际。所谓的思想,却是非常的下流、肮脏,还有种想象不到的倔强。所以,就不得不骄傲地承认——自己是个杂种,一个高尚的有些卑鄙的杂种。

想象这个世界有理有道,万物都可以自然地、毫不侵犯地、友爱地相互依存在一起,又恐怕失去激情的寂寞。所以,杀戮就会合理地存在。人生、人性,活着的时候想尽一切理由,去摧残、去杀戮,死了埋在黄土里去腐烂,又是多么的公平,也是多么的荒谬虚无。想起一句俗语:人是国家的,命是阎王的,骨头是狗的。很有道理,问题是:自己呢?

十年苦难,一朝欢笑,将更灿烂。如果十年的欢笑孕育的是一朝的苦难,那又将如何?人,是个群体动物,所以要在一起活。贪欲的极点是,世界上的人都死光了,一个人便拥有这个世界,多美!问题是:怎么活?所以不管看见有关系没有关系的人死了,总得叹息一声。想想:叹息的是自己还是……

所以,不管是伟人还是英雄,有了感情的时候,就像曹操一样:对酒当歌,人生几何?譬如朝露,去日苦多……说完了,继续摧残,继续杀戮。

有人生下来,就有人死掉。这样的游戏规则将毫无生趣。总之,最悲惨的是,我们每个人都将走过。小说也是这样。

所以如果说我在这个世界将会留下遗憾的话,那就是我为什么不是一尊佛!

2010 年秋

故乡的小溪

故乡以前的纯朴，至今已荡然无存。最让我怀念的，还是故乡的那条小溪。

那条清澈的小溪，是我童年的全部。我故乡的亲人朋友，我的意识里对故乡所有的怀念，全是从那条弯弯的小溪里流出来的。我在那里打坝、捉鱼儿、玩游泳、戏水，最喜欢的是一个人卷起裤管赤着脚在小溪中往上游走……

现今故乡的那条小溪，和我一样，被人们污染的肮脏不堪了，已不是二十年前的那条小溪了。文明的古国比之以前更加文明了，我的确不想在文明上加上引号去引人注意了。回想起来，以前的那条小溪是那么的年轻、纯洁；那么的活泼、俏皮，纯洁得可以洗去镇子上几千乡村人的劳累和灰尘。可惜现在它已面目全非了，并不年长的它疲惫了，累了。它无力地挣扎着，没有了抗议的精神。对那些它曾经用生命漂洗过的人们，它一点都恨不起来。正是他们糟蹋了它。

不再有蛤蟆的憨叫，不再有赤着脚和鱼儿迷藏，不再有光着屁股的小孩歌唱。那山、那水，我再熟悉不过，那地方的人，我的确陌生了，熟悉的面孔被那小溪西边的山脉一张一张的掩埋。能让我熟悉的也只有那山上的草，那沿着小溪的川里的田。小溪里的水还有，却如同祭奠亲人的眼泪和满了哀伤的鼻涕。不知什么时候，小溪的岸边有了瘟疫亡了的猪鸡，还有送亡了的人没有烧化的被褥、纸钱……

这么悲惨的画面，足可以让人泪流满面，悲哀的是他们却为什么那么茫然。

是啊！如果这个世界将不再有孩子纯真的笑颜，我们将会怎么去面对我们的现在。历史不再是过去，现在就是历史，将来也是历史。

历史中的那条故乡的小溪,对它的怀念和记忆,在我心中是一块净地,将来,也许会成为一种信仰。小溪中又湿又净的石头、沙子、水草,和那两岸清澈的泉、金黄的沙滩,而今却像烟柳巷里的老妇,那么干涩,那么不堪入眼,小鱼不再在小溪里徘徊,达尔文在哭泣,他的进化论在现今的世界中逐渐退化。

　　我不是孬夫,也只有跪在佛的面前,说:"阿弥陀佛,想,是我们错了吗?"

2010年10月 定西

有关于旅途中的生命
——致人生路上的同行者

清晨,我的梦还在未曾散去的萦绕中,忽听得外面"咣"地一下,车祸!!

我趿上鞋到窗子上看,马路对面一辆摩托车撞在出租车的左尾上。一个三十多岁的女人蜷缩在马路上,旁边摩托车倒着,两只白色的高跟皮鞋散落在不远处。出租车女司机出来扶着她,在打电话。

一会儿我出去看,女司机很紧张的样子,伤者右颧骨处有点黑红,鼻孔处有点血。周围的人时而瞅瞅救护车来的方向。看出来,大伙都为两个女人焦急。

大约半个小时候后,才听见滴滴的救护车来,看着把伤者放在担架上抬上车,滴滴叫唤着走了,大家这才把悬着的心放在肚子里。

……

看来没事,祝平安。

两天以后,我听见门口有人说:那天车祸的那个女人死了。

…………

心里很不是滋味。

未走完的路,就这样走完了。

生命,其实很脆弱。在碌碌的人生路上,为了活着,不能说珍惜,就不能慢一些么!不说起身后还有没忙完的活,就是为了亲人们伤痛的眼泪,为了孩子们懵懂泪眼中的茫然和失落,何必那么着急!!

> 告诫同行者
> 请不要急促地
> 行走在人生的路上
> 要不

将会落下你并不想落下的
遗憾和哀伤
不要让亲人们悲痛的眼泪
来
为你送行

给生命一点时间
让他备好
将要启程时
要卸下的行囊
要怜悯他在旅行中的
苦难
给他一点时间
让他备好
将要启程时的安然

为了传承者
为了继承者
为了同行者
在并不漫长的人生路上
不要仓促
不要着急
慢点走
总会到达
那个不是终点的　终点

2015 年　秋天感言

不要鄙贱了自己

上初一时(也就剩这么点值得炫耀的文凭了),有一次,语文老师出了一道作文题《人贵有自知之明》。对于种地老师们教出来的刚完小毕业的我和同学们来说,如同是禅师的当头棒喝。看着懵懵懂懂的同学们,这位不是种地的老师就这七个字,很耐心地讲了满满的一课堂。当时就懵懵懂懂地听了,后来也懵懵懂懂地写了。至于写的什么,呵呵,谁还去记忆那些不明白的历史……

但是这七个字,自那天起就和语文老师一起埋葬在我的脑细胞里,再也没有遗忘过,并经常思虑。甚至还拿出来吓唬过一些文凭高的懒的读书的人。至于明白这七个字,却是好几年以后了;至于理解这七个字,却是十几年以后了。

而事实上,在并不需要文凭的现实中,贵的,稀少的比大熊猫还少见,贱的,到处都是,以至于到了泛滥的边缘。而自知之明,大凡是人的都有,愈是愚蠢的,则愈知愈明。大凡知道点什么的,都笑一笑去和老僧下棋。所以也好奇了很多人,也装模作样地去找老僧下棋。随着时代的发展需要,这老僧也就逐渐多了起来……

与老僧下棋,总是能沾点佛的吉祥,学点老僧的高深,也就是高人了。都是高人了,本来给人方便的佛,也要学着魔的样子,要人给他方便了。幸亏佛是尊贵的,要不也到了被逼无奈抹脖子自杀的鄙贱地步了。由于智慧和真诚的原因,尊贵在鄙贱面前偶尔也会流下泪来,不是因为尊贵的理由,而是出于怜悯的原因。尊贵不需要要脸,而鄙贱却为了要脸经常继续着不要脸。

所以人,再不尊贵,也不要鄙贱了自己。

2015 年春

闲话,不闲说

除了吃饭和生活,不要给自己定义什么。能喝,就喝点酒,能感慨,就感慨一点。说不准在感动自己的同时,也感动了别人。只要不做坏事,对得起良心,就算个好人了,也算是尊敬了自己,尊敬了心的虔诚和信仰。

对人说人话,对狗说狗话,只要是善意的就行,狗,有时候也需要听人话。说狗话的时候,当心良心,别被狗吃掉。

善恶是平等的,所以上帝要派耶稣来救赎。救赎的真义就是智慧,认识到自己的愚蠢,就等于被救赎了。上帝就是自然法德。所以很无奈的时候,就是想起上帝的时候,自然而然便好。

生死和吃饭一样,都是活着的工作。像穿鞋,穿上了,就有脱下的时候。上半身和下半身一样都是身体的组成部分,不分卑贱和高贵。今天活着不能保证明天的辉煌和死亡。

世界比想象中的更荒谬,别介意。看破真实里的虚假和虚假里的真实,就算是智慧了,然后可以随意人生和惬意死亡。

对自己的灵魂(信仰)要用真诚去虔诚。这个世界除了信仰,再没有能称得上高尚的东西。所以真正的高尚,不需要低俗和卑贱去证实。反过来,在高尚面前,低俗和卑贱会无地自容。

不要打着佛的旗号去骗人。最终受骗的,是自己。因为佛经里还有一种解释,佛,就是我。我,就是你自己。尊重轮回的规矩和过程,是理性的选择,对谁都没有坏处。

2015年夏,随记。

随笔三二一

　　总是有些看不惯的人,或看不惯的事,发生在自己身上。有一些肮脏,躲,是躲不开的,所以就淡泊,再淡泊。实在肮脏地淡泊不下去的时候,只好回过头来,对着拿真诚当面具的伪善重重地给上一拳,然后说:给你个左脸你不要,还想我给你右脸吗!真以为我成佛了啊!之后的肮脏者就会反过来装可怜,讨好,那媚俗的表情足以让你在有生之年都恶心。但不管怎样,也只能继续淡泊下去了。呵呵,这世道,有时候还真得"金刚"一些。要不那些卑鄙和流氓像"当客子"买的万能胶一样,一串一串地总是牢牢地粘黏着你。

　　不是指桑骂槐的意思,咱也没指鹿为马的那个尊位。道理嘛,以不出卖不被狗吃的良心做底线,多多少少还能抖落出一些。和读书也多多少少的有点关系,但按理性,总也怨不到书本上去。就像这一本,淫荡的,那一本,高尚的,选哪一本读,都是自己的主权,按法律讲,是不能侵犯的。譬如看了《厚黑学》,要不要脸是自己的事,总不要老想着拿别人的尊颜去贴自己的脸。当然,还有些更下流的总妄想着怎么用人家的尊颜来贴自己的屁股。

　　所以世道也是多变,拿炎黄子孙冠名去当汉奸已不是什么新鲜事了,再国际主义精神,地球是大家的家,而不是一个人或一伙人的家。只要还未亡去,老天是给了地方活的。再就是打着佛的旗号,好人坏人好事坏事都佛魔一"道"了。道不道的在智慧面前总是会和妲己的狐朋狗友一样会露出尾巴的,暂时的仙风道骨也遮掩不了那股子骚臭的气味。有没有老虎,风总是要吹刮的,后面紧随之而来的暴雨终有一天会总结到肮脏的下水道里,让卑鄙流亡了再盖棺定论。天道昭昭,总要轮回。自古以来,战场上虽然比刑场上死的多一些,但刑场

上总比战场上死的更罪恶。

可笑的是,总有人会前赴后继地走上刑场。难道说刑场充满了比活着更美好的诱惑,毒品的泛滥是罂粟花香的诱惑吗？呵呵,什么逻辑,什么人,什么世道。

也许真是做人难,做个好人更难。做个坏人吧,不好,不做人吧,还真不行。索性就人模鬼样地混吧!借一句名言:抱着自己的宠物猪,让别人笑去吧。

2015 年夏

雨中端午

端午的清晨,
还在雨中。
淅淅沥沥,毛着粽叶里的安宁。
喜欢雨中的日子。
也喜欢雨中的古琴。
让那些放不下的思念,飘逸,再飘逸……
仿佛那丝弦上阅历的沧桑,
在淅沥中飘逸成浪漫的悠扬。

在宁静中淡泊。
在尘俗中尘俗。
在淅淅沥沥中漂洗那些 —— 沾染了尘俗的心情。
思念,
童年里的篝火,
屈子忧郁了的情感,一声汨罗江里的长叹……
千年的诗篇,却怎么也找不出豪放中的浪漫。

幽幽兮忠义凛然,茫茫兮国事途远。
啾啾兮赤子之心,冥冥兮江月波澜。
端阳的雨,淅淅沥沥,在宁静中淡泊
那些英烈,那些雄豪,还有西湖堤边长眠的苏小小。

当关闭了心中的那扇柴扉,一切便天高云淡。
那亡不了的灵,还在千古中飘荡。
在雨中飘荡——
那些还活在红尘中的人们,
继续在悲欢里吟唱。
继续在迷茫中迷茫。
继续在沉醉中沉醉。
在生死中生死……

2015 年 夏雨 端阳感言

马丁·伊登读后感

马丁是温柔的野兽。他最终属于弱者。

世上的所有的事都是事出有因的，只要是存附于世界之中的都有其逻辑理性。在某种角度上，好事并不是好事，坏事亦不是坏事。如果把贫困和富有、不名一文和高官厚禄放到天平上称一称，也许是平等的。就马丁来说，他的逆境才是他真正活着的内涵。反过来，他的超越对他来说是一种灾难。正是他的超越使他走向了终极的疲惫。他累了，他的性格只能在苦难中创造生命和灵魂的永恒。就像凡·高，但他并不比凡·高幸运。可以得出这样一个结论：马丁是个弱者，凡·高是个强者。这并不是杰克·伦敦和欧文·斯通所能决定的。可两者有个不言而喻的共同点，就是失败的价值。

爱情是感情上的一种欺骗。动物到一定的年龄也就是说到生理机能发育成熟时，都有原始性的求偶欲望，即性欲；只要是动物就得靠食物来维持自己的生命，即生存欲；是动物就得创造、保护自己生存的一切客观或主观的理由和环境，即求生欲。人是高智商的动物，所以从唯心上就能超越这些，从而产生意志、爱情等等这些从本能上讲比较抽象的情感，并且为了这些情感去追求创造美好、自认为有意义的自我人生。但是最终还是摆脱不了原始的生理本能。

可以这样认为，马丁是个唯心论者。他毁灭于他自己的意识所创建的并不现实的天堂。他忽视了一座建筑物的根基。更可悲的是他永远都以为自己是个现实主义者。而真正的现实主义者则是露丝。露丝是爱马丁的。她当时放弃马丁至少有以下几个原因：

一是她和所有的人包括马丁都有虚荣心。马丁不理解露丝是他忘记了自己的本能。

二来露丝认为马丁没有赡养她和建立家庭的能力。女人就是女人，有她在社会中存在的位置、作用，所以她的潜意识里天生就有一种做母亲的职责。

三是在露丝父母反对的情况下，她努力让马丁在她父母心中获得认可的目的最终破产，她有着不可思议的社会歧视压力。

在马丁有了金钱和荣誉后，这些也就随之瓦解。露丝又回到马丁身边。如果她顾及她从小在那个家庭阶层中形成的非同一般的身份及面子的话，她是不会回到马丁身边的，更不会从以前就容忍马丁了。是因为她爱马丁才做出的抉择。她对马丁有着非同一般的感觉，她是马丁的创造者。

还有，马丁让丽齐的生命至少有一半破了产。在道德上，就马丁自己都觉得惭愧、内疚。

也许，马丁更适合丽齐。也许，马丁更适合凡·高的那条路。困苦给人希望，富有会使人失去方向。这两者的变换甚至是瞬间中的变换，是一种非常自然和理性的逻辑。在现实中，自杀大都是意识中的绝望所发生，而不是困苦的磨难和富有的环境所造成。

布里森登是个幽灵般的人物，又是那么真实。布里森登的死亡直接制造了马丁的死亡。杰克·伦敦笔下的布里森登是马丁的灵魂，灵魂归往永恒的天国之时，马丁便成了没有思想的空洞的皮囊，剩下的只是腐化的时间和过程而已。

马丁，杰克·伦敦给自己前一半判了死刑。

2000年5月8日

一些并不陈旧的理由

在我心里,总是回旋着一些并不曾陈旧了的情感,很沉重,永久不散。

谁不想活的快乐呢,但那毕竟是一种短暂、缥缈的东西。我们存在于这个世界,总该去承担一些关于无所谓或至关重要的责任。在有生之年,也许是理智的,或许这就是我们还活着和继续的理由吧!

当然,应该承担的,还有一份海角天涯的遥远。这些都能够回避吗?在这茫茫人海中,我们是否遗忘些什么,能够更理性的生活在人群之中。可人也毕竟是"高思维"动物,我们又能,或怎样去欺骗呢?去欺骗谁呢?所以,也只能自己欺骗自己了。有一些真诚的,以至于曾经真诚的震撼过我们的灵魂而至今还影响着我们生活的情感,在今天的现实中,是我们属于它呢还是它属于我们?

是的,我们最终属于自己,所以最终被骗的还是自己。何尝不是,这是逻辑轮回的结果。所以我们是应该遗忘一些或改变一些什么了!可我们又不能丢弃自己的情感,更不能丢弃我们的爱。世上属于我们自己的东西已经不多了,所以我想象不出一位农夫丢弃了耕牛和农具的结果。说到这里,我似乎有了一种理由来解释我们的所作所为近乎愚蠢的所有情感了。但茫茫人世间我们又从何方找寻我们的至爱,找回我们的纯情来安慰我们空洞、扭曲的灵魂呢?我也一直想从矛盾中寻找出一种存活的理由,或者是为情感的存在找寻一种寄托,但也经常是抽刀断水水更流,拔剑四顾心茫然。而我又能做些什么呢?我苦苦地思,苦苦地想,却在无奈中难以悟出翱翔的艰难。

要想在这个世界存活,就得隐藏了自己的激情与情感,也必须要遗忘一些陈旧了的情感。可怜的多愁善感的人啊!何处是我们的归

宿？何处又是我们的乐园呢？

因为这个世界遗忘了你，所以你必须得自己孤立的存活，除了一些聋哑人之外，哲学家已不复存在。而我们的痛苦是：继续苟延残喘。除了一些自我欺骗和自私外，爱和感动已逐渐消退，剩下那些愚昧的谎言，还得延续到下一代……

婚姻是面镜子，镜子里的爱情是那么遥不可及，有许多并非是镜子上的斑点，也许就是我们存在的理由和痕迹，而我们却在为抹去这些抹不去的痕迹而痛苦一生，泯灭一生……

2000年冬月笔记

读红楼

洒家不是书生，书还是喜欢读的。

就说读《红楼梦》吧，在读第一遍之前，就读了好十几遍了，总是没超过前十回。按洒家的个性，早就是应该放弃的。就像刚学英语一样，刚开始好奇，学的也不错，后来明白了一个中国人学它干嘛的道理后，就放弃了。尽管英语老师气得李逵样子，但是谁也扭不过真理，后来也就习惯了洒家到英语课堂上睡觉的习惯了。

不放弃《红楼梦》的原因，一是中国人写的；二是名气太大了，听说毛主席都看了四遍；三就是执拗，都说是好，总是想从里面找出好的究竟来。现在想起来，还是第四个理由实在些，失眠的时候，这《红楼梦》还真是好东西。以至于洒家好多年来还十几次的惦记着她。

早她几年前，《西游记》《水浒传》《三国演义》都看两三遍了。所以一直有它的原因是"四大"不能分开，不能理解"她"里面为什么没有关某武松孙大圣之类的，所以也为"四大"里面为什么有部别类的"她"而纠结了好长时间。

还得感谢失眠，一个星期里总有那么一两回。是偶然还是必然的结果，那次竟然超过了第十回，接着的一天两夜里，继续到了八十回，断了。不是看不下去了，是接着看不下去了……

那时候就开始泛滥盗版了，找不到了原因，就骂那些丧尽天良的，甚至埋怨起这个社会来。当然，也不敢愤青的太过分了。听老人说狗狂了是要挨砖头的，人狂了是要被狗咬的。说这是历史的经验。

直到明白了八十一回后是高老先生的杰作后，才知道骂错了，也似乎埋怨错了地方。一笑了之，至于道歉，除非真理不在洒家这边。

虽然天尽人意地读完了后半部，但总感觉没有前半部曹老先生

的尽意。不过还得感谢高老先生，要不估计洒家的后半辈子就续写上《红楼》的梦了。

　　《红楼梦》总算是看完了，多年来的愿也终于了了。书，也逐渐读的愈来愈少了……

　　自《红楼梦》成了洒家的床头书之后，总是偶尔翻翻，宝玉颦儿之类的倒不挂怀，老是惦记着那两个疯疯癫癫的僧道。因为，没了了之前，梦也没了，《红楼梦》里的故事也还是继续着……

2015 年春

说红楼

洒家不但乖，胆小，性子也有点野。吃着五谷杂粮，就得活着有点人样。曹老先生敢站在世外写自己，洒家就敢躺在床上说点人话。他敢写玉是石头，俺就敢说石头是玉。他敢写佛是癫僧魔是疯道，洒家就敢说俺一个眼睛装佛一个眼睛装魔。也不至于把一个人弄地疯疯癫癫地再麻烦高老先生去收场了。

自然世界，总是潇潇沥沥，人类世界，也自然得悲欢离合了。所谓人生无一世繁华，草木无一世锦绣。宝玉是假，石头未必是真，何况是人？花瓣葬了，诗笺烧了，人死了，情未必了了。总是从泥土里闻出些许香味儿来。所以要感谢高老先生的，一是为曹老先生感谢，他老人家总算能安然地在世外逍遥了；二是为所谓的人类文明感谢。不管诺贝尔怎么想，领奖的也许会更自豪些。至于别的感谢，洒家不敢代言了。不像凤姐，快死的时候才明白诸恶莫做、诸善奉行的道理。

癫僧疯道经常在一起，可不一定就是朋友。所以再打着佛的旗号，在没有了了之前，终是会现出魔形的。

老太太是个明白人，总是疼孙子的，不会让自己的儿子来欺负孙子。政即便是假的，也总是关心着自己的儿子。虽然替祖宗打了，可心里面也不想让儿子来享受祖宗造的孽。尽管如此，戏还是要演的，既然要演，还得吃些苦头，不吃苦头演不真。导演也会找茬。这些洒家估计曹先生更有心得，要不高老先生也不会借曹老先生的手让一块石头去遨游世外。

没有魔便没有佛。真玉还是假玉，那是人的事，不是石头的事。至于是不是宝，那是癫僧疯道的事，也不是石头的事。你再故弄玄虚，石头还是石头。

老太太不贪钱是有现成的饭吃,刘姥姥贪点小钱是怕没了饭吃。不像凤姐老是惦记着用钱来写自己的故事。就癫僧疯道,在没了了之前,饭还是要吃的,所以总是要弄些玄虚来,一是找点乐子,二是蹭点善缘,能继续疯疯癫癫地唱着了了歌,再也不关心石头是不是宝玉的事了……

2015 年春

那杯酒，就是那条河

那杯酒，就是那条河。

有幸我们一起在那条河里沉沦，再沉沦。

是天缘，还是情缘，都是冥冥中的祭奠。日夕落，月半圆。忘不了去日的长天。花前月下的誓言，共苦患难，情谊相连，还有那份相依的恋。匆匆，又匆匆，如白驹过隙。

留下的，是遗恨，是宫阙，是那不尽的思念在风里摇摆，徘徊，消失。最后刻定在岁月的脚步上，导演成一段记忆，一段梦魇。那条河，还在酝酿着那杯酒。

然而，活着还在继续。烙印一般的脚步，在光阴的脸上碾出一道道辙，记叙着，那不堪回首的历程。

迷茫，抉择，笑容，眼泪，一道道的坎，心，被一次次碰的破碎，每次都不得不最后一次在月亮上祭拜，在月光里感动。这就是人生。命和妥协、倔强无关。理智的选择是：沉默。那杯酒，就是那条河。

心里的砝码，不是秤砣。天上的星星很多，你是哪一颗？便偏多了离心的欲望，你在哪儿？在风的概念中，迷茫了自己的灵魂。以至于迷茫了自己。灵魂有没有信仰，在于有没有一颗乞讨的心。呵呵，这个世界，上帝也在乞讨。所以人，并不满足于碗里食物和两性的缠绵。在缺乏和盈满的空虚里，真正需要的是什么？

生活不是艺术品。虽然都在艺术里生活。人，就是神，因为有了很多的感知。人也是人，放不下太多的愚蠢。事实上，爱的，是人，是情，还是面子上的欲望和金钱？贪婪，是个黑洞。它吞噬的是灵魂！

饭后，睡前，品尝品尝，那条河，酿的那杯酒。

太多的虚假和虚伪，虚妄了那条河。那杯酒却是愈老愈醇香。

过去的已经过去,明天还是明天。所谓的活着,就是延续。春季伊始,夏风逸荷,秋思蟾宫,冬雪梅香,所有的美丽,把悲伤留在夕阳的帷幕里。而内涵的意义都刻在了逝去的长河中。歌声很悠扬,也很悲壮!那条河,还有那杯老酒。

　　很难把一个纪元合成一张照片。都不愿点燃一盏灯后在黑暗里祈祷。然而迷茫的是心,不是眼睛。在为什么的背后,在愚昧引诱下,有了一个共识的答案:不为什么。所以继续淫乱,继续流浪,然后在迷茫中死亡。为什么活着,答案的终点,还是那杯老酒,那条河。

　　爱在哪里?春天的柳絮,冬天的雪花,漫天飞舞;爱在哪里?夏天的翠绿,秋天的落叶。四季轮回。晨曦起旭光,黄昏葬夕阳。

　　我还是我,死后还是我。你还是你,死后还是你。他她还是他她,死后还是他她。还记得吗,我们都有缘在一条路上走过;还记得吗,我们都有缘在一个空间待过。

　　遗忘了前生,后世。我们在生死旅途中相遇,相知。在这个世界的苦难和悲沧中,在这个红尘的感动和理解中,在洒满了眼泪和欢笑的那条即将干涸的河里,亲爱的,我们干了这杯老酒。

　　那杯酒,就是那条河。

2015 年深秋

婚嫁的故事

她和他的婚事是父母包办的。她不认识他。认识他是结婚以后的事。这之前,她见过他一面,是在他们家。她还知道他的名字叫陈辉,还是听媒人这样叫的,她便记下了。她叫庆云。

父母对她说:男大当婚,女大当嫁,要给她找个婆家。她不知道自己长大了没有,但她知道找个婆家就是意味着给她找个男人。她想:那是父母的事。后来,家里来了个人,都叫他媒人。她不知道媒人是干什么的,但她想也必定是为她找婆家才来的。媒人说要带她到陈家去。她问去干什么?父母就给她安顿说去看看陈家的光景和那个将来是她男人的叫陈辉的人。第二天由媒人带领着她就上了路。她穿上了新的红衣裳,新的鞋。还照母亲吩咐的,把头发梳的油光锃亮,又整整齐齐地结了辫子。走了整整一个上午,翻了一座大山,才走到了陈家。一路上她想着陈家会是什么样子,那个男人长得是啥样子。露水什么时候湿了她的新鞋,并染上了黄土变成的黄泥她都不知道。一直到了陈家,她才发现她的新鞋已不再新了。

到了陈家,吃了人家的饭,她就胆怯地站在媒人跟前,听人家说话。大人们都说着大人们的话,她心里记挂着那个男人的模样。一会儿,那个叫陈辉的男人被叫了进来。就在刚进来的时候,她看了他一眼,再也没敢抬头。现在她知道了,原来那个男人是比我大一点的娃娃。听媒人给他说:这就是庆云,要是能行你就点个头。她不敢抬头看他是否点了头,但听见了大人们的笑声,她似乎已经知道了他点没点头。那阵子她觉得屋里的人都在瞅她,并且那个男人也在瞅她。她很心慌,觉得自己的脸就火辣辣的烧红了一个下午。她只有把背后的辫子拿在手里把玩。那个叫陈辉的娃娃就是她的男人了,她想:父母让

媒人定下的事,那就是一定的了。

后来她才知道,那就叫相亲,是让男人见见他将来的女人,让女人见见她将来的男人。是一种入乡随俗的定规。她一想起相亲就心跳,就脸红,心里也偷偷地笑。那年,她十四岁。

在以后一两年里她没见到过他,虽然他来过她家几回,她都藏了起来。她是怕心跳,怕脸红。但每回都偷看了他的背影。自打相过亲以后,她心里就有了他,没放下过他。她想他:那个将来是她男人的叫陈辉的人。甚至有几个晚上还梦见了他。梦见和那个男人在一起说话,还在一起睡觉。梦醒了她就痴痴的待着,脸颊热辣辣地烫。不知为啥就想起了那句难听的骂人的话:嫁汗的。她为这句话感到自己难为情,感到羞耻。

这一两年里,陈家给她家送来了好多东西。光钱就有三千多块。父母的衣料各两套,弟弟一套,妹妹一套,她自己也多了三四套新衣服。她很高兴,听说娶亲前还要给她做几套新衣服呢。那时候她想,陈家可真富。这么些新衣裳她怎么能穿得完。直到出嫁的前几天,她才听母亲讲,这些都是在当时商量着定好了的彩礼彩金。等陈家慢慢筹备齐了再商量迎娶的日子。她不知道啥叫彩礼彩金,她只知道这些东西,并怀疑父母是不是因为这些东西才把她嫁到陈家的。她忽然觉得自己像是一件很值钱的东西。她为这个伤心了好几天。幸亏奶奶给她说:你是个女人,迟早是别人家的人。父母把你养活这么大,不就是为了换点钱花换几件衣服穿嘛,要不他们不白养活你一场?她仔细想了好几遍,才觉得这也是情理中的事。早年她还听爸爸讲过,在那个困难的年代,奶奶是爷爷家用一罐酸菜换来的。我这样,别人家的女人也这样。谁让咱是女人呢?这可能也是属于那种定规里的条条吧!

那些定好了的彩金彩礼差不多送全了后,陈家又来了好几个人,由那个媒人领着,和她的父母商量着定下了娶亲的日子。自打那个日子定下后,她便天天盼着那个日子,又害怕盼到那个日子,她不知道这是因为啥?她想那是云里雾里的事,看不清,也摸不着边际。

人都要抱怨时间,有的嫌慢,有的又嫌快,其实时间是个说快也不快,说慢也不慢的东西。那个又害怕又盼望的日子,随着时间不紧不慢地来了。

那是一个阳光明媚早晨。蔚蓝的天空悠悠地飘着几朵白云。村子里的人们欢歌笑语,都到她家来。就连树上的鸟儿也叽叽喳喳地来凑热闹。庆云家一片欢闹喜庆的景象。

她穿上了陈家送来的新衣裳,里里外外都是红的,红鞋红袜子,还嫌红的不够,又拿了一块红头巾盖在了她的头上。她知道那块红头巾的名字叫红盖头,但是她实在想不明白盖在头上是干什么用的。听村子里婆姨们说那是讲究,她也只好"将就"了。原来她想今天她会很忙,现在她才明白今天是她自己由不得自己的日子。梳头、穿衣等等与她相关的事都由村子里的婆姨们安排。她只有做好一件事就行,那就是像一件珍贵的东西一样任人摆布。不过这样也好,自己倒是省了好多麻烦。村子里的姑娘们还有邻居们送来了好多的东西。那些东西在她曾经赶集的时候,的确惹得她心爱眼馋过。那时候她想要却没钱买,现在都给她送了来,有头巾、手绢、脸盆、花镜……看着这些眼花缭乱的东西,她想她一辈子都用不完。她父亲还特意给她做了两个大木箱,油漆的大红喜字,里面有母亲做的两只花老虎枕头,说是陪嫁的。庆云想大概是陪着她嫁到陈家去的东西。

响午时分,太阳刚从山梁那边翻过来,便听见"哒哒哒"的拖拉机声从山梁上传到村子里来。远处还能看见后面拖箱上搭了个棺材模样的红蓬子。不大一会儿便停在了她家大门外边,刚停下了"哒哒哒"的噪音和那黑铁筒里往外冒的柴油味的浓烟,又是"哒哒哒"和拖拉机声几乎一样的鞭炮声。接着从红蓬子里跳下几个男人来,在她家忙乱了好大一阵子工夫。庆云听说要走了,便涌过来几个婆姨们把她的头用那红盖头盖了,扶她到大门外并上了拖拉机。她想起母亲叮嘱她说出大门的时候要哭,这是讲究。她也就试着哭,但她确实是哭不出来。想着自己哭不出来,她就在红盖头里面偷偷地笑了。她想这讲究也讲究地太可笑了。

坐在拖拉机上的庆云,红盖头一直盖在她的头上。她看不见外面

的景色，其实她也不想去看。她除了看见车厢板上那几对男人的大脚板以外，剩下的世界都是一片红，红的乱糟糟的。和她一块儿坐在车厢里的那几个男人在谈着庄稼地里的事，她听不进去。她看着自己的新的红鞋子，又想起了她相亲时黄泥脏了的鞋。她想：这回不会再脏了。不知道走了多长时间的路，便听见鞭炮"噼里啪啦"地响了起来，拖拉机晃了几晃那"哒哒哒"的声音便死了似的停了下来。

想是可能到陈家了。她还没做好下车的准备，便有一个男人把她从车上抱了下来，一直抱到院子里，她想肯定是她的那个男人。抱她的那个男人把她放到院子里笑着说："这个新媳妇还真不轻哩！"这时她才知道抱她的原来不是她的那个男人，她觉得自己的脸热乎乎地和那红盖头一样地红了。

"拜天地""拜父母"……

庆云被人搀扶着混混僵僵地在吆喝声中任人摆布。她觉得自己好像是一个木偶。拥挤和嘈杂使她头昏脑涨。她不知道这些人为什么要让她遭这样的罪。她有些麻木，或者说根本就失去了感觉。一直到人把她送到新房，才算是有了点知觉。这还得感谢有人把她头上的盖头揭了下来。她才看到自己所在的新房。顶棚是新的，墙上的画是新的，还有炕上铺的褥子、被子都是新的。她也发现了，原来自己也是新的。只是新的有些太累，太辛苦。

新房里大多是些婆娘女娃们，满屋子陌生的面孔，她有些胆怯。那些眼睛一双双都在瞅她。瞅得她心里虚虚的。她想要是有面镜子的话她也瞅瞅，看看自己到底有什么好看的。她觉得这些人都怪怪的，也许自己也是怪怪的。没有人和她说话，她觉得好孤独。她心里想这些人要是出去，她关上门，让自己一个人待会儿，但这似乎不大可能。

天黑了下来。一拨一拨闹新房的来了。这些男人有十几岁的、有三四十岁的，个个都喝得满嘴的酒臭味。他们有的凑上来亲她的脸蛋，有的偷着揣她的奶子，还有的让她点火抽烟，又有让她喊哥叫爸的。那些人的眼睛里充满了血丝，个个似发情的公狗般想办法折磨她，调戏她。她如同狼群里的羔羊，憋着眼泪，被包围在群魔野兽当中。她做梦也想不到这就是平时冠冕堂皇的男人。她觉得浑身酥麻，脑血管像是马上就要爆裂一般。她突然恨他的那个男人，她三年没喝水似的渴望她的那个男人来解救她。这个暴虐的世界。她从心里诅咒。

　　来解救她的不是她的男人，是一位中年男人。这位中年男人又是赶又是骂地把最后一拨野兽赶出了新房。说让她歇一阵子就要安房了，然后就出去了。她想自己要是胆子大一些，就应该谢谢那位中年人。她长长地舒了口气，觉得这个身子就不是自己的一样。她闭着眼靠在被子上躺下，她很累很累了，躺着躺着就忘了这一天和刚刚发生的一切……

　　就是说要安房的那个中年男人进来把她惊醒了。后边跟着她的那个男人。她刚才睡着了。不知道是什么时候了，反正她觉得刚闭上眼睛就醒了。她看了一眼她的男人，面颊又烧了起来。她赶紧低了头。眼前的情况，可能是这位中年男人要安顿她和她的男人睡觉，这可能就是安房的意思。她又开始讨厌起这位中年男人来：难道我和他连觉都不会睡？要你来多事？庆云心里忐忑不安。她和她的男人很难为情地让那个中年男人摆布，齐头睡在了炕上。那人给她俩盖上被子，抓了一把早就准备好的糖枣之类的东西往被窝里撒了一把，嘴里还叫着：一把核桃一把枣，养下的娃娃满炕跑之类的顺口溜。庆云听着羞得满面通红，恨不能找个老鼠洞钻了进去。她不知道她那男人听了羞人不。好不容易说完了那些羞人的顺口溜，那人才出去走了。这是她巴不得的。可那人出去把门关上之后，她又担起心来，身边睡的这个男人——这个她想了一两年还梦见和她睡过觉的这个男人，现在就和她并排睡在炕上。她该怎么办？屋里的灯还在亮着，她又羞又怕，心跳加快。她希望现在要是能把灯灭了就好了。

　　她今晚必须得和她的这个男人睡在一起。她想：她是他家拿那么多好东西换来的媳妇。

　　庆云心慌慌地听着外边，人好像是已逐渐散去了。

　　夜愈来愈静了。

这个世界好像就剩下了他和她,他心里在想着什么?她想。

屋里的灯还亮着。她听见男人有了动静。窸窸窣窣地,好像从炕上翻起身来,又用手在炕上刨了几下,然后灭了灯。眼前一片漆黑。又是窸窸窣窣脱衣服的声音。庆云有些怕。

她能感觉到,男人就坐在她的身边。她又觉得羞,又有些紧张。她想着男人要干什么,但她意识到要干的事很羞耻,所以不敢动,也不敢想。

"庆,庆云,你脱了衣服睡吧!"男人在问她。她的心好像是要从胸腔里跳出来:"我,就这样能行。"男人问得很轻,她回答得也很轻。轻的有些连自己都听不清。她一阵莫名的激动。这是他和她男人有生以来第一次说话,她不知道自己说的对不对,好像并不是她的心里话。但她只有这么说。她想。她这个男人让她感到很安全又有一丝恐惧。她很想和他多说几句话,但是她不敢。

男人说完话待了一阵,像是无可奈何地睡了去。

她没有一丝睡意,尽管很累很累。她感到很渺茫、很失落。不知道为什么。是不是身旁这个男人的淡漠?她想。

夜,静悄悄的,什么声音都没有。

这个世界好像又剩下了她一个人,如果没有身旁这个男人在呼吸的话。她还在想她刚才说的并不是心里话。但她实在又想不出来该怎样回答他。她的男人!孤单和寂寞将庆云整整一天的困意全部袭了来。她不由得长长地打了半个呵欠又噎住了,然后轻轻地"呵——"了出来,她怕惊吵了他!虽然就半个呵欠,也伴随来了沉沉的睡意,便迷迷糊糊睡了去……

不知到了什么更点,夜,不但很静,而且很沉。

是她感觉着她的身上有一只手惊醒了她,随即就意识到是她男人的手。她又惊又羞。她没敢动。继而她发觉她的衣扣不知是什么时候也解开了,裤带也好像是自己松开了似的。她强忍着不要自己醒来。至少让她的男人这么以为。她脸上烫得像是要起泡,心跳地像是要蹦出来。男人粗短雄壮的喘息,如同端午节的篝火烧得她头脑发昏。她觉得自己变成了一团泥。她想反抗,可浑身使不出一点力量来。也许她打心里就不想反抗,只是想想而已。她觉得她男人的手真大,大的可以整个地覆盖了自己。男人烘热干燥的气息吹拂着她的脸,她觉得自己像是一团雪,正在融化。她想挣扎,可又不敢。也许是不愿,不愿惊吓了那只美好的大手,也不愿惊吓了正在融化中的自己。

那只手愈来愈肆意,也愈来愈贪婪。男人的身子一座山似的在向自己靠拢,终于一座山似的压在了自己身上。不知什么时候她发现她在呻吟,一片云似的……

包围着她的是强壮的激奋和粗犷。她无法找到自己,只有在这一切中任其消融。她睁开眼睛,看见这漆黑的一片和她身上的男人一样地吞噬了自己。她忽然很想哭,眼泪已盈眶而出。

她什么也不想,或者根本就不会想起什么。她只是感到很伤心,任凭那两行咸热的泪水小溪般往下流淌。

淅淅沥沥的泪水,流走了泪一样清澈的童贞;也流走了泪一样咸淡的花季。流淌在枕头上的泪水无情地给庆云豆蔻般的年华浸湿了一个圈……

不知什么时候,窗外的天边悄悄映出了一轮暗淡的新月。静悄悄地夜,在沉睡中像是要被惊醒的感觉。

"喔……喔……喔喔……"很远的地方,传来一声清亮的鸡鸣!

1999 年初稿
2000 年定稿

夕阳下的幸存者

那是一个秋天。一座山冈上。

异常激烈的战斗,先是枪炮交火,然后短兵相接。持续了两天两夜,双方才召集了残兵撤退而去。胜负一比一,留下的,是好几万条失去生命的尸体和余温尚存的钢铁。山冈上尸积如山。残阳如血,无数山沟里聚流的血浆大都干成了黑紫色的甲状。阵地上已无声无息了,寂静中听不到半声鸟叫。如血的残阳斜照着这片山冈,像是幔上了一张无边的蝉翼红纱。

远远望去,这幅美丽的图画既不是天堂,也不是地狱,更不是岚雾迷秋、景秀山河的人间,却像是另外一个世界,一个人所不知的世外桃源……

尚有声息的唯有山沟里流淌的三两条小溪。不足一尺宽的溪水中参流了血浆,溪水流淌的声音没有原来的那么清脆,却似即将离世的病夫痛苦的呻吟。残阳斜照下的溪水,宛如割破了的血管缓流而出的血液。鲜血染过的山坡几乎看不出荒芜的草木。在这个红黑杂交的地方,很多处还燃烧着微弱的如在烧化冥币时的火焰,还有幽幽缭绕着的青烟,浓浓的血腥味和刺鼻的焦绵味弥漫着整个夕阳斜照的空间……

在这些漫山遍野的尸体中,有一具却如幽灵附体一般悠悠醒转了过来。他的头朝着下面趴在山坡上,面朝着西边还没有落下的太阳,面颊紧挨着地面。当他迷迷糊糊睁开眼时,被红彤彤的太阳光刺得眼睛发胀。他感觉到腰间很沉,好像有东西压在身上。他挣扎着翻过了身,原来是一具尸体横在上面。他用力把尸体从身上弄下来,翻身坐起。

帽子早不知道飞到哪里去了。头上、脸上和这一片山坡是一样的颜色,都是和着血的泥浆。这副人不像人鬼不像鬼的相貌,根本认不出他的长相和年龄。军装早已狼狈不堪了,看不出颜色来,浑身裹满了和着血的黑紫色的灰土。腰里的皮带还紧紧地束着,皮带上的手枪套还挂着,枪丢到哪儿了,不知道,但是乎不怎么重要了。皮靴还紧裹着双脚和小腿肚,有一只皮靴的带子像是松散了。他长长地深深地呼了口气,慢慢站了起来,活动了一下身子,才发现自己并未受伤,他有些惊异,觉得这好像有些不可思议。他轻轻摇了摇头,脑袋有些发胀,还隐隐作痛,很沉重。他还依稀记得自己正在酣战时"轰"的一声,便什么也不知道了。

他叫陈国辉,是某连的副连长,三十七岁。战斗中被炮弹震晕了。也许,他是这好几万尸骸里唯一的幸存者。

他站在山腰上,环视着周围的一切。此时此刻,他唯一能找到的感觉是——残酷的寂静。是啊,无论谁是敌人,同是一个血统,同在一块土地上生存,鲜血最终还是汇流到了一起,染红了整个苍穹,染红了这块共生的土地,染红了整个人类的悲哀。

陈国辉隐隐意识到:战争只是人类毁灭自己的一种方式。他突然恨那发炮弹为什么没把自己炸死!他开始一步一步走下山坡,朝着夕阳的方向,他是从那个方向冲上来的。走到小溪边,蹲了下来,双手掬起那殷红的溪水洗了洗脸,这才觉得嗓子里干的要冒烟的样子。嘴唇也干裂了口子。于是又掬起水来要喝,嗅到一股浓浓的血腥味,感到一阵恶心。便又撒了水。他跷过小溪,又往前走,看见一具尸体身边有一个军用水壶,拿了起来摇了摇,里面有水,有些迫不及待地拧开壶盖,一气喝了个够。剩下的仰起头全浇在了脸上,仿佛要冲洗掉他满身含着罪孽的血腥味。

他的脚步一深一浅的,朝着夕阳的方向继续往前走,时时得跷过那一具具尸体。就在他刚要跷过一具尸身时,突然听见有人在呻吟,微弱的声音仿佛是从地狱传上来的。他看见脚边的身躯微微动了一下,额边挂着彩,还有殷红的血在沁出。看军服是自己人。他问他:"你还活着吗?"没有回答。他蹲了下来,动了动他的肩膀,问:"你行吗?"这人微微抬起眼皮来,漠然地看了一眼他,便又合上了眼睛。气若游丝的断断续续地说:"我……恐怕……不行了。"

"我叫陈国辉,你还有什么要说的话吗?"他问他。

"没……有……"他又抬起他沉重的眼皮,看着夕阳,吃力地说:"太阳……真美……我……不……"突然脑袋一歪,再也听不到后面的话了。

他知道他死了。他怔怔地蹲在那里望着太阳。感觉心里空空荡荡的。悠悠地,他想起一句话来:夕阳无限好……

他忽然间想好好看看太阳,他觉得自己好像从未看见过如此美丽的太阳。它像个红色的圆盘,一点儿都不觉得刺眼,染得天边一层一层的云霞如沁了血的赤练。它缓缓地向天边移动着,那赤练般的云霞托着沁了血的圆盘更如一幅美丽的油画。又是残酷的寂静。他看了一阵子,才缓缓站了起来继续走,朝着那夕阳的方向,脚步沉重的好像很不愿意离开这块地方……

他就这样走着,望着夕阳,时不时得提防着他不被脚下的尸体绊倒。他讨厌这些尸体,这时候他不再相信有什么厉鬼魂灵了,那太荒谬了。

是的,太荒谬了,也许更荒谬的是……

忽然,他的脚下被什么东西绊了一下,随着"啊……"的一声惨叫,惊得他的魂魄差点儿没飞出窍去。是一个人,一个活着的人。顺着山坡躺着,从帽子上一下就认出是敌方的人。这个人满眼惊惧地望着他,全是痛楚的脸上掩盖不了一丝绝望的神色。他有一条断了的腿上裹着一件渗透了血的军大衣,另一条腿的脚踝夸张地向外歪着,绊着陈国辉的就是这只受了伤的脚。他是个中尉。距他左侧三四米的地方有三具尸体,一具少了半个头,一具没了一条胳膊胸上还插着一把带了刺刀的枪,旁边撇了一把德国式手枪。他们和中尉穿一样的衣服,看出是一伙的。另一具尸体则穿着和陈国辉一样的军服,趴在地上,身下还露着半截枪托。

"你别怕,我不会对你怎么样。"陈国辉看出他恐惧是因为对方认出了他是敌人。他说话的声音有些冷,好像是讨厌中尉的恐惧,又可怜他的痛楚的惨样。

"你怕什么?"陈国辉看着太阳问。他不愿看见中尉不死不活的样子。

中尉没说话。他不知道怎样回答这个问题。

"你怎么不说话?"

"死不得,活不得!"中尉一口地道的四川话。

"你是四川人。"陈国辉听中尉说四川话。回头来看着中尉,眼神里有一种亲切感。他也是四川人。

"峨眉的,你是撒子地方人?"中尉的嗓子很沙哑。

"成都的。"陈国辉说着又回头看了太阳,夕阳光比刚才暗了许多。

"今天太阳真美。"中尉忍着痛,他不知道说什么话题。

陈国辉没说话,他在想刚才死了的那个人也是这么说。也许太阳真的很美,才有这么美的夕阳……

"我们还是老乡。"中尉终于想到个话题。

"也是敌人。"陈国辉不知道在这种情况下谈老乡意味着什么。

中尉转过头有些惊异地望着陈国辉,猜不透他说的是什么意思。

"要我帮你什么吗?"陈国辉问。

"哦,能帮我取一哈那个水壶吗?"中尉有些迫不及待地指着缺了半个头的那具尸体说。

陈国辉过去解下了尸体腰间的水壶,过来递给了中尉,中尉用颤抖的手接过水壶,急忙拧开壶盖仰头灌了起来,好一阵子,才喝足,然后大口大口地喘着气。平静下来后,拧上水壶盖,刚拧了一下,又住了手,顺手一丢,水壶"咣当当"滚下了山坡。听得出来里面还有水。

"你扔了干什么?"陈国辉听着咣当当的声音停下,问。

"你看我还用得着它吗?"中尉不无嘲讽地说。

陈国辉看了看中尉,想着中尉说的话。

"你家里还有人吗？"他问。

"有，老娘、婆娘。"中尉的声音比刚才低了许多，"还有一个儿子。都在家等我。"他眼里含着泪。接着又大了声说，"打啥锤子仗，打来打去，还不是自家人打自家人嘛！"声音里带着哭腔。

"你还想回去吗？"陈国辉问。

中尉回头来有些吃惊地望着他，不明白什么意思。

夕阳光线又比刚才暗了一些。

"喔！还有活的吗？"

陈国辉双手握成喇叭形按在嘴上喊叫了一声。

"喔！还有人吗？"他又像刚才一样长长地喊了一声。

除了满山坡的尸体、钢铁，天边慢慢暗下来的夕阳，空旷的连一个回音都没有。

"莫喊了，都死完了。"中尉低着头伤感、失望地说。他好像被感动了。

" 完了——死完——了——"陈国辉喃喃地默哀着，失望的脸上透着沉痛的神色。

夕阳渐渐西移，眼看就要沉没的样子。

"走，我背你走！"忽然，他对中尉说道。中尉看见他眼里闪着一丝光亮。

"走？到啥子地方？"中尉似乎听懂了他的话："就我这个样子！你——你还是快走！"

陈国辉还是呆呆地看着中尉，眼里的那一丝光亮没有了。变得很茫然，又含着一种说不清的神色，看的中尉有点悚然发慌。

"老乡，你能把那把枪给我吗？"

看着陈国辉慢慢转过身去，中尉望着一边丢着的那把手枪说。

"一辈子再别当锤子兵唠！"陈国辉听见中尉给他说。他走过去，捡起了手枪，很熟练地把食指套在扳机上转圈。

陈国辉脸上出奇的平静。

"小心些，里面有子弹！"中尉提醒他。

陈国辉没说话。

"叭！叭！"连着两声枪响，血，顺着中尉的面颊流了下来。

"我知道，枪里面——有——子——弹——"陈国辉闭上双眼，喃喃地说。举着枪的手慢慢垂了下来。

大半个太阳已没下了山，天边的云霞淡了，有几丝长长的，还是血染的那么红……

太阳马上就要沉没了。

他在中尉的脸上抹了一把，合上了中尉还睁着的眼睛。之后又在中尉的衣服上擦了擦他手上还热着的血。

空旷的山冈一片寂然。夕阳终于沉没了。瞬间，这个世界暗了……

他默默地凝视着这个瞬间灰暗了的世界，喃喃地说："我——知道——枪里——有——子弹——"

"叭！"空旷的世界又一声清脆的枪鸣……

他倒在了山冈上。

天，黑了。

尚有声息的唯有山沟里流淌的三两条小溪，却似即将离世的病夫在痛苦地呻吟。

2010 年 10 月

霓虹灯的眼泪

存在是一种错误
在错误中找寻出正确的答案
灵魂才肯俯就在身躯之内
所以就有了感悟、有了爱

  谢华比一般的男人还生得壮实,她的身躯由于肥大而显得臃肿,每一块肌肉给人的感觉都有些累赘。她留着男式短发,从后面看,无疑是一位肥胖的俄罗斯酒店老板娘形象。只有在那双小而狡黠的眼睛里射出的贪婪的眼光里,才让人感觉到自己可能被欺骗的情况下,发现她并不是预料中的那么愚蠢和笨拙。她宽厚的肩膀和那挺起很高的乳胸、粗壮的腰围和凸出的小腹,还有显得有些僵硬的粗臂和肥腿,无处不凸露的有些夸张的肥胖,好像充满着永不衰竭的精力。这个肥胖的俄罗斯酒店老板娘的形象,让人无论如何也想象不到谢华是一位才二十出头的黄花闺女来,倒像是一位两三个孩子的母亲。但她确实是个姑娘,仔细地从她的脸上还是看得出来。但是不是黄花闺女了,也只有谢华自己清楚了。
  谢华很能干,无论什么事,她都做得来,并且会干的很不错。和她的相貌一样,她的性格很直率、彪悍。当然,她也很精明,比起一般的人来说。在这样的社会中,像她这样的人绝对吃得开。在她跟前,你要是被欺骗了,那将是在她将要欺骗之后的欺骗当中,让人难以觉察。对于谢华来讲,这也许就是她最真诚的时候表现出来的情感。她有时候很狡诈,这不怨她,也许是人类的一种共性。
  多成认识谢华,也许是月下老人的老练,也是多成对将来现实生活的需要。但也许是一种压抑和一种需求也有可能。明白地说,聪明精练的多成心中的白雪公主绝不会是肥胖的俄罗斯酒店老板娘的形象。事实上,多成策划的理想中的未来,无意中做了物质主义的奴隶。他有时候现实的让人惊讶,他是个在精神上对虚荣的追求近乎变态的人。这也许是一个错误,或者说是潜意识中一种错误的认识。相对的来说,或许是对的,或许是子虚乌有的事。因为多成自己从未认可过,也从未说起过。也许这是一种悲剧似的满足,甚至是一种快乐一种高尚也未尝不可。因为多成自己从未想过,也从未想起过。在不同的环境里,人,是会变的。

那是一个风和日丽的下午,多成要去公园。在公园的一座石拱桥旁边的垂柳树下,有一排为游客而设的木排椅,经朋友介绍的姑娘在等他的约会。

一路上,多成想象着那位在木排椅上坐着或倚着垂柳树伫立着等他的那位姑娘,长得有多"胖",是怎么样的"直率"。他是听介绍她给他的朋友这么说。不过这没多大的关系,多成想。听朋友讲,姑娘不但很有能力,工作单位又好,这就很好了。在多成的心目中,能踏踏实实过日子,有一份固定的收入才是主要的。介绍她给他的这位朋友也是在多成这样的条件要求下找到的机缘。在多成当时的条件现状中,他不敢有再高的奢求。在这个城市生存,没有能力、没有一份固定的收入是不行的。

反正是模棱两可的事,成与不成都无所谓。多成是这么想的。这只不过是一个机会。一个选择罢了。这个年代,不要说结了婚的女人,就是有了孩子的女人还说不准是谁的老婆呢!去他的,现在不是兴离婚吗,不行咱到时候也离呗!不过想是这样想,诚心还是要有的。长相怎么样,又不能当饭吃,关键是要有一份固定的收入。当然,有能耐,工作单位又好,那是再好不过的了。总之,没有钱没关系,要能挣钱,这才是根本的问题。好几年来,自己辛辛苦苦上班,兢兢业业工作,不就是努力奋斗在这个城市中能够站稳了脚,创建一个富裕幸福的家吗?可是在现实当中,买套楼房自己十年的薪水也不够,还哪敢奢求别的？这些就靠自己的那点微薄工资是不可能的。总得吃饭吧！总不能为了找寻一个能避风遮雨的港湾以至于饿死或流浪街头去乞讨吧！所以，必需寻找一个有金子或有金矿的港湾避风遮雨。

有的时候，多成觉得自己的想法很卑鄙。现实生活里，这应该是一个女人的理由，而不是一个堂堂男子汉讨老婆的条件。不过，在这个年月里，为了钱，谁还去顾忌那不值半分钱的男人脸面？不就是没钱吗？有钱，什么样漂亮的女人找不到？再说，还不是为了过上好日子吗？要不因为这个，我多成早和农村的那个娟子结婚了，爸爸都当上了，还能拖到现在？都快三十的人了，老家比我小一辈的都抱上娃娃了，我呢？还在一个人熬那一个个寂寞的夜晚……多成想起公园还有位姑娘在等他。他想：她总归是个女人吧！

人啦！有时候现实的可怕。

见鬼去吧，那些不干净的毫无意义的思想。

阳光吸收了空气中所有的水分，炽热让人感觉干燥的要窒息的样子。

公园门口，多成摸出一块钱买了张门票，顺便到旁边饮料摊买了一瓶健力宝。付了钱刚走了两步，感觉不对，过去又买了一瓶。他可不想初次见面时就让人家认为他是个吝啬鬼。他打开一瓶健力宝，"嗤！"三角形的开口里喷出一股男子汉的豪气来。多成仰起又灌了一口，在自我良好的感觉里，空气好像潮湿了很多。

多成进了公园，虽然他心里有些慌，但是还得不紧不慢地保持着男人的风度。当他来到石桥旁边时，他为刚才保持的男人的风度遭到冷漠而有些沮丧。木排椅上空空荡荡，垂柳枝微微地随风飘荡。约会的姑娘还没有来。多成舒了口气，看了看周围，不远处，有一个肥胖妇人背着他站在水边，看着水面上游来游去的鸳鸯船。多成看了看表，一点过十分。奇怪，都超了十分钟了，人怎么还不见来？不会是……现在的姑娘们啊，总是觉得自己是多么娇贵似的！

"嗨！你是多成吗？"

多成一怔！有人叫我！

"嘿！就问你呢，你就是多成吧！"

天啦！多成怎么也想不到这"黄鹂鸣翠柳"的女音普通话是出自于她的口：这位背着他站在水边的肥胖妇人。要不是她光滑的脸上还洋溢着青春的光彩，多成实在是难以接受这位"肥胖妇人"在他的思维认识当中成为"年轻姑娘"的转换过程。不过她的嗓音真好听。

"哦！我就是,你是？"

"谢华。我都等了你好一阵子了。"谢华很大方地说。

"你好！"多成尽可能让自己的脸上少一些狐疑和失望。并很不情愿地拾起了他刚才丢下的男人风度，礼貌地伸出了手，握住了谢华同时伸出的手。

谢华胖胖的手很温柔，充满着女性的魅力。虽然不是太强烈，可还是在多成干涸的田野中有些微微的电磁似的波动。

多成有些许慌乱，有些许疑惑。放开了谢华的手之后，他急速地扫视了这位很大方又很热情的谢华姑娘。

她上身穿一件暗绿色的T恤衫。又宽又大的T恤在谢华的身上有些捆绑的感觉，很难找出空间来。领口开得很低，薄薄的T恤遮挡不住硕大胸部，三角领口低处的乳沟显得细嫩性感，那白皙幽深的神秘，无疑让多成敏感的神经激发起一种神怡的荡漾。再往下穿着黑色的一步裙，紧紧地裹着有些凸出的小腹和肥大的臀，再往下便是穿了肉色长袜的胖腿，很粗壮，很难找出骨点来。脚上套着一双黑色皮凉鞋，肉从凉鞋的缝隙中鼓了出来。浑身夸张的曲线很性感，但更多一些肉感。希望能从谢华身上多找一些感觉的多成有点灰心。

瞬间的扫视，多成还是很难接受谢华的姑娘形象。多成转眼看着远处的景色，尽量掩饰着自己灰黄色的情绪。

空气燥热的让人窒息。多成这才想起手中还有一瓶健力宝。他打开来，连同那三角形开口里喷出的豪气一并递给了谢华。然后，或许是出于礼貌；或许是出自于男人的风度；也或许是出自于别的更重要的原因，多成邀请谢华去吃了饭。

多成很聪明，也许更理智。酒店里，谢华奢侈地点了几个高档菜。

多成有些为囊中羞涩担忧。而不出他所料的是,果然谢华抢先买了单。这让他有些尴尬,自然,那男子汉风度也大大地贬值了。不过也多多少少有了些他对将来生活设想的真实性。

多成以后和谢华的交往,是谢华对多成的热情,是多成出于对他将来生活的设想,也许是多成慢慢找回了初次见谢华时丢掉的感觉。总之,都是生活中的现实。

谢华那突出的小腹和肥胖的腿在多成的脑海里造成了强烈的悲哀。甚至他有时候会想是不是谢华怀了孕来欺骗他去充当一个载体的角色?太不可思议了,这个世界,什么事都会发生。

炽热的太阳晒得浑浊的空气让人感到窒息!

那突出的小腹和那肥胖得几乎失去动感的腿!

那健力宝瓶里喷出的可怜的男子汉豪气!

这个物欲横流的荒谬世界!

最终,多成那原始的男子汉豪气还是在谢华热情的最深处得到了发泄。那是在不长的时间里经历了一段羞涩的日子之后,可以说是谢华的热情引发的疯狂。多成也揭开了他有点多余的小秘密,谢华那凸出来的小腹中除了应有的以外,不该有的一无所有。

一段疯狂的日子过后,多成显得成熟了很多,但谢华那凸出的小腹和肥胖的几乎失去动感的腿给他心里面造成的灰暗则继续存在。他无法和他想象中的将来在天平上找出平衡来,心里面总是甩不掉那种让自己厌弃的灰暗。

夏日的夜晚,多成漫步在河边。

傍晚出来散步的人们大都回去了。夜色朦胧。随着越来越沉的夜晚,河堤上的人也逐渐稀疏,偶然有几对意乱情迷的恋人躲在黑暗的角落肆无忌惮地拥抱、狂吻……

夕阳的余晖没有吞噬完的热气渐渐地被昏暗的月色散漫了。暑日的燥热大概就在这时候才开始清凉下来。

多成嘴里叼着支香烟,站在河堤上凝视着对岸。对岸楼上的灯光五彩缤纷,忽明忽暗。一些排列的整整齐齐,一些则闪耀地杂乱无序。忽然间,多成觉得那些闪耀的灯光如同那幽森森的鬼火,滚动着、拥挤着朝着自己漫天而来!他觉得浑身战栗起来。他不由得耸了耸肩,打了个寒战,那些幽森森的鬼火才渐渐散了去,恢复到对岸的那些五彩缤纷中去了。他这才觉得身上稍稍有些凉意。他又从口袋里摸出一支香烟来,点燃,深深地吸了一口,缓缓地吐了出来,月光里,萦绕在他眼前的烟雾由浓变淡,转眼消散地干干净净了。

群星稀疏,乌云惨淡,失去光华的月亮缓慢地西移,时而厌恶地躲开阴沉的云雾,时而又娇羞地藏进云朵。就这样,好像也是在默默地继续着它的生活。

多成情思悠悠,心潮起伏——农村的那个家——失去了微笑的母亲——谢华的热情——自己追求的城市梦——那位被他抛弃的娟子——还有娟子那哀怨的眼神。

这一切,就像旋舞在街道旁路灯周围的飞虫一样,萦绕在多成的脑际。

多成又觉得自己的身躯在朦朦胧胧的夜色中愈来愈渺小,愈来愈脆弱,他感到一阵阵的恐惧;感到自己到了不堪一击的地步,即使是一只苍蝇,一只蚊子也来挑战他,或者是嘲笑他。他想起了父亲。"爸——"他不由自己地叫了一声。顿时一阵撕心裂肺的痛楚向他袭来。眼前的月亮、灯光变成了无数块碎片、星点,在他眼中涌动、飞溅。

多成泪流满面。

"爸!"多成的情感有些决堤,他低声哽咽着,从喉咙里翻滚出沉痛的悲哀:"你老人家为什么要走那么早?丢下孤单的妈妈和无助的儿子!"昏暗的月光下,两行清泪顺着多成的脸颊流下来,闪着弱暗的光点。

十五年前,上五年级的小多成十二岁,那时候小多成的淘气、顽皮闻名村里。为了逃避那毫无生气的书本,他用尽了浑身的解数,仅为了逃学他的小手掌就不知挨了多少爸爸和老师的板子。他几乎疯狂地热衷于斗腿、摔跤、篮球等体育游戏中。

中秋节,是小多成每年中最期盼一天,就如同他每年都渴盼过年一样。那一天,在外地工作的父亲会给他带来好多好多好吃的:苹果、香蕉、橘子……还有各种各样的糖、饼干之类的。

小多成可以在小朋友和同学面前自豪地炫耀。

小多成可以美滋滋地品尝乡村里稀有的香甜。

就在八月十三那天下午,前几天脸上还挂满了阳光的妈妈忽然变得心慌急躁,动不动就打或骂并没有过错的小多成。不幸就在那天发生。父亲在回家的路上出了车祸,去了很远很远的地方,永远离开了这个家,这个世界。那一天,他渴求期盼的一切,变成了他怀中抱着的那张带着黑纱的冷冰冰的镜框——父亲的遗像;那一天,父亲给他带来的香甜的糖果,成了父亲灵堂上的献祭品。就从那天开始,多成害怕了过节,也渐渐淡漠了糖果的香甜;就从那天开始,失去了太阳的这个家被阴云笼罩,多成尚未成熟的心灵,经常被阴冷和恐惧困扰;就从那天开始,妈妈的脸上失去了笑容,没多久,多成也永远离开了他洒满了童年的校园。

多成有门娃娃亲。是在父亲去世的前两年,按乡里的老传统定的。那年多成才十岁,姑娘是临乡的,叫娟子。娟子的父亲早年和多成的父亲很要好,是他们队上的生产队队长。

娟子读完小学就辍学了。那时候,农村的老观念还是嫁出去的姑娘泼出去的水,姑娘迟早是别人家的人,倒不如趁早给家里帮上几年的农活。再说修地球种庄稼,又不是考秀才,用不着啃那么多的书本。老年人常说的"女子无才便是德"的古老传统哲学,也不是不无道理。锻炼上几年,将来嫁到婆家,也好让人家瞧得起。多少年来,在这片山高皇帝远的土地上,已是墨守成规的理条了。

父亲在世时,已给娟子家送过去三千块钱的礼钱了。还曾说还剩三千块钱早点送齐了,到时候迎娶时,省得吃力些。

娟子年纪不大,可是一把务农的好手,屋里屋外洗衣服做饭样样利索。妈妈经常夸娟子勤劳能干,而多成根本就没在意这些,也许想都没想过。他和娟子见面也只是一年两三次,也都是在过节的时候父亲带了去的。父亲出事后,母亲说这门亲事是父亲的先见之明,也是多成的福气。母亲特别喜欢娟子,恨不得多成早一些长大成人,早一些把娟子接过来。但自从父亲去世后,家里没了靠山,花费也拮据起来。幸亏父亲单位给家里一年能补贴两三百块钱。日子就这样不紧不慢地过着。

转眼间,父亲已去世两年了。多成也出落成一个结实的大小伙子了。

那是一个春天。早上,不知从哪飞来了两只喜鹊,停在院子里的那棵老椿树上,喳喳喳地叫个不停。

"成,看树上喜鹊叫呢,兴许有什么喜事呢!"妈妈指着老椿树说。

"能有事么事?两只野鸟乱叫呗!"多成知道妈妈心里想的什么。上一次他去娟子家,娟子他爸的脸色不是那么好看,一想起这事,多成心里就生气。

"妈!你一天就别疑神疑鬼的了。"多成随手拿了一件什么东西向树上扔去,喜鹊呼啦啦飞走了。

"看你这孩子,那两只鸟又不碍你啥事!你赶它们走干啥?"妈妈有些生气地说:"听老人说家来喜鹊就有喜事,说不好今年给你和娟子办喜事呢!噢,你那天去娟子家一趟,觉着娟子她爸是什么想法。"

"妈!我上回不是去了吗,不冷不热的。要有什么话,说明了不就得了,拉着的脸,给谁看?"多成一想起娟子她爸,气就不打一处来。

"你这孩子,咋就越大越不懂事了呢?现今不比当初了,自你爸走了以后,咱孤儿寡母的,不像你爸在的时候了。你就忍着点气,等把娟子娶过来,他还不得疼着他闺女。再说咱家彩礼也送得差不多了,想也没什么事儿。不管怎么样,只要把娟子接进了门,我这当妈的也就放心了。现今咱家有难处,人家给点脸色,也是常有的,你就忍让着点,免得万一有点什么差错。也就算对得起你死去的爸爸了!"母亲苦口婆心地劝着多成,那眼圈就发了红,眼泪也就滴吧滴吧下来了。

听妈妈说得有理,多成心里难受。虽然娟子她爸的脸色不好看,可娟子对她还是不错。去她家,想着法给他做好吃的;一年一双亲手给

他做的新鞋,有时候还不知从哪里给他弄两包香烟。

"妈,你就别难过了,过几天下地了,我去给她家帮两天忙。"多成宽慰妈妈说。

不知什么时候,那两只喜鹊又落在老椿树上叫了。

中午,家里来了两位不速之客,说是多成父亲单位的。他们说是厂里考虑几位农村特困户家属,多成家在内,安排多成接他父亲的工作,到厂里上班。他们就是通知这事来的。

春天的阳光是多么的明媚、多么的温暖,妈妈说得对,老人的话总是很灵验,那喜鹊喳喳的吵闹不再刺耳,却如一段美妙的天籁。

就这样,多成到厂里上了班,成了一名工人,步入了一个满街都是霓虹灯的城市生活。

从此,多成每个月有了一百多块钱的固定收入。有时候把母亲接到厂里看看,见了父亲的老同事也抹上两把眼泪,提提父亲的故事,母亲的心情也逐渐好了起来。娟子的父亲听说多成上了班,脸色也多云转晴了,娟子心里就甭说有多高兴了,只是不表露出来。

世界绚丽多彩,一切都是那么的美好。

谢华对恋爱的热情,包罩着多成全部的生活。但是她心里很疑惑:多成到底爱不爱她?她曾经问过多成多少次,多成不是岔开话题就是这句话:"不爱你我能和你在一起?"谢华不傻,她听得出多成弦外之音的勉强。可她并不灰心,为了能让多成爱她,她牺牲了多少热情和努力,当然,还有物质金钱。自从公园见第一面开始,她就感觉到了多成的勉强。一块石头抱怀里时间长了也会暖热,谢华就是这么想的。可是长时间来多成对她的热情总是不冷不热的,让她感到很困惑。

现实生活里,多成当谢华是妻子,谢华当多成是丈夫。都希望双方的关系能够顺其自然地发展下去,等待时机成熟,买了房子,举行个婚礼就行了。多成也曾问过自己,究竟他爱不爱谢华?他无法回答自己。他可怜的良心无法欺骗自己的情感。他心里最深处抹不掉娟子的影子。

多成很感谢,也很尊重谢华对他的感情。有的时候,他觉得很内疚,对不住谢华。他也曾多少次尝试自己接受谢华的全部感情,尽力把那凸出的小腹,没有动感的肥腿从脑海里抹掉。在多成极度的苦恼中,他震撼地发现自己抹不掉的原因是,他心里深埋的娟子在喊叫着,在对抗着。他害怕想起娟子。他以为他早已忘了娟子,后来才明白那是自欺欺人。娟子在他心里一直都存在着。

多成当初的决定,深深地刺伤了娟子的心。他心里曾无数次地向娟子忏悔。他知道,他欠娟子的,一辈子都还不清。所有这些情感,折磨得多成心里很痛苦。他默默地祝愿娟子:但愿你过得比我好。他回家时听母亲说过,娟子结婚了。生活,就让它顺其自然吧。也许真像老人说的那样,命运都是老天安排定了的。

一个夜晚,多成的宿舍。谢华从多成那里得到做女人的满足后,拥着多成进入了梦乡。硕大的身躯潜藏着难以算计的热能和精力,从她打鼾的沉重里都能听得出来。

多成看谢华睡熟了,自己却怎么也睡不着。一阵阵空虚向他袭来。那凸出的小腹;没有动感的腿。在他的感觉里总是丢弃不了。他厌恨。像是一直在欺骗着自己。为了拥有城市里有霓虹灯的生活,他有时觉得丧失了自己的纯真,昧着自己的良心。他突然觉得自己有些下流,像个杂种。

在虚荣和真诚的对比下,多成很迷茫,很困惑。他实在找不出一个理由来平衡、安慰自己的良心。他想:我是不是迷失了自己?是不是在欺骗自己?这种虚伪的、戴着面具的生活。要是和娟子在一起,就不会是这样。起码心里是充实的……

黑暗中,娟子的身影浮现在多成面前——她的脸庞上总是含蓄地包容着柔情、忍耐;她的眼里永远都充满着等待、希望。她含情脉脉地望着他,手里捧着一双布鞋。她的长发随风飘起,像是千万根爱意情丝,在窃诉着她的思念她的梦。她那双清亮的眼眸总是那么清澈、那么潮湿……他好像突然之间才发现娟子的纯洁和美丽。

"我真是个浑球!"多成暗暗痛恨着自己,不由回到那段他简直

像是在犯罪的日子……

娟子是多成的人。自从有了这门子亲事,多成一直这么认为。因为传统的风俗是不能更改的。其实,多成打心眼里喜欢娟子,何况是在多成艰难的日子里,娟子对多成的诸多好。多成感谢娟子,他一辈子也忘不了。

自打那天喜鹊喳叫之后,多成离开了农村,渐渐地也改变了原来的思想。他心中渴望的已不再是像妈妈那样把娟子娶过来。他认识了另外一种生活,楼房、汽车、舒适、安逸的城市生活。无处不在的霓虹灯对多成充满了强烈的诱惑。那些发型异样、穿金戴银、裙服翩翩的城市女郎,也渐渐淡漠了娟子在多成心中的位置,淡漠了娟子对他的好;也淡忘了他不在家时娟子对妈妈的照顾。他渐渐被花花绿绿的霓虹灯所迷惑,而且把这些都归咎于娟子的父亲当初对他的冷漠。关键是在他家遭了横祸的之后的那些日子里。世态炎凉啊!可就是在多成当了工人后娟子的父亲又马上转变了对多成的态度,人又是多么的虚伪!然而,多成没有想到的是:娟子的情感和期望也在他的虚伪中灰飞烟灭。

人,总是现实的可怕!

多成当了工人的第四个年头,他决定退了这门亲事,解除掉他人生之路上的绊枷。他先给娟子的父亲去了一封信。没有音信。过了一段时日,多成亲自去了娟子家。娟子家还是很热情地接待了他。

"叔,我前一段时间寄了一封信,你老看见了吧。我今天来,就是为了这件事。希望叔能理解、原谅我。我和娟子的事,是你们老人定下来的。那时候我们还小,什么也不懂。我这么做,在一定程度上对不起我的父亲,但是我也确实有我的苦衷。事实上,我和娟子生活不到一个环境里,我也怕拖累了娟子。如果再拖下去,对我,对娟子都不好。叔是经过事的人,肯定能想通这个理的。也希望叔能理解我的处境和心情。"多成沉着心事给娟子父亲说。

娟子的父亲盘着腿坐在炕沿上抽着旱烟,好像是很耐心听着多成把话讲完。时不时用着鄙夷眼光瞅一眼多成。

多成自以为他的话说的方圆,可心里老是发慌,以至于有些慌乱地躲避着娟子父亲的眼光。

娟子站在地上抹着憋不住的眼泪。娟子哥在一旁沉着脸。

"你说完了?"娟子的父亲问多成。

"嗯。"

"我明白你的意思。"娟子父亲铁青着脸说,"我在山沟里活了五十多年了,没有你见世面多,但是,你的话我听得明白。你和娟子这事是我们老人定的,虽然说你父亲下世了,可你妈还在。我问问你,这事你妈知道吗?"

"知道。"多成说。

"你妈是什么意思?"

"我给我妈说了,她同意了。"多成接着说,"再说这是我自己的事,我做得了主。"

"好!好!好!"娟子父亲紧咬着牙关,冷笑着,"你长大了,你父亲去世后,我给你瞪过白眼,你怨我可以。可从良心上,你和娟子的婚事上,我从来没有过后悔的意思。就算是我怕对不起你死去的父亲。事已至此,我也同意你退了这门亲事。但是你给我听明白了,我家娟子不愁嫁不出去,就你现在这副德行,我还怕你玷污了我家娟子。退一步说我家娟子再找不到婆家,也不会强嫁到你这个没心没肺的混账东西头上。"娟子父亲越说越气。

娟子站在地上拧着头抹着眼泪。

"你哭啥?你也看着这张嘴脸了。"娟子父亲忍着气说,"世上男人死绝了!托这种人你放心我还不放心呢!"

娟子掩面跑出了屋。

"叔,也许我错了,你别生气,有话慢慢说嘛。"多成的脸快涨成了猪肝色,低头抬眼胆怯地看了一眼娟子父亲说道。娟子这一跑出去,他心里内疚极了。

"我不生气,你也别慢慢说。"娟子父亲说,"还有什么,你就痛痛快快往出倒,倒完了好了事。"

"叔,也许是我不对,你就大人不计——"

"说正事,屁话少说!"

多成低着头,他知道娟子父亲是想让他开口说彩礼的事。可他又怎么张口呢?两只手胡乱在膝盖上来回揉搓,又是为难,又是急躁。一阵尴尬的沉默,最后还是厚着脸皮,吞吞吐吐地说:"叔,也没别的事,就是前些年送过来的彩礼——"

"彩礼?什么彩礼?"多成话没说完,被娟子哥的怒骂打断了:"你还要不要脸!你耽搁我妹子几年了?当球个臭工人就把我妹甩了?当心我揍你个王八蛋!"娟子哥站了起来,指着多成骂了起来。

"你给我住口!"娟子父亲喊住了娟子哥,"我还活着呢,你多球个啥事?你稀罕啊?丢人现眼的。你妹子一个黄花闺女嫁不出去咋的?"

娟子哥压着怒气,又坐到椅子上了。

娟子父亲继续说:"你说吧,把你的话说完。我不想对不起你死去的爹。你们孤儿寡母的,我更不想让旁人说我闲话。"

多成提到嗓子眼的心稍稍有些放了下来。他现在只想尽快离开娟子家。该说的说了,娟子父亲的态度也很明了,娟子哥一旁虎视眈眈的,还能再提那些彩礼!其实打来时也就没想着能讨回那些彩礼钱。

"叔,你别生气,哥也说的有些道理。那些彩礼钱就算是我这几年耽搁娟子的补偿吧。没别的事我这就回去了。"

其实他心里想真应该给娟子补偿些什么?可那是钱物能补偿的吗?

多成就这样急急忙忙从娟子家逃了出来,感觉自己很狼狈。

出了娟子家,多成脸上的猪肝色逐渐缓了过来,感觉到心跳也平静了许多。他深呼了一口气,茫茫然然走着,心里说不上是什么滋味。事情解决了,目的也达到了,精神也像是轻松了很多,可心里总是觉得空荡荡的一种说不出的难受。

天上毛着雨,远处雾蒙蒙的一片灰暗。

"多成!"多么熟悉的声音,多成心里一颤:是娟子!她从村庄坡上一颗柳树后走了出来。

娟子怀里抱着一双新鞋,走到多成跟前,眼泪簌簌往下淌:"这是我前些日子做的,你的脚大,留着也没人穿,你拿去吧。"

多成望着娟子,心里像是被刀刺了一下。

"我——我对不住——"

"啥也别说了!"娟子流着泪平静地打断了多成的话:"我不怨你,从你当工人那天起,我就知道会有这一天。给你,拿着,快下雨了,你快些走吧!"

"娟——娟子——我不——是人,我不——"

多成心里如刀割一般,抱着娟子塞在他怀里的鞋,磕磕巴巴地说。只觉得心被刀割得受不了了,一下子把鞋又塞在娟子怀里,侧身让过娟子,疯了似的从山坡上狂奔了下去。

娟子怀里抱着那双鞋,久久地伫立在山坡上,清晰地听着山坡下歇斯底里喊嚎声的回音:

"我——他——妈——的——不——是——人——"

雨水顺着娟子额上流下来,掺和着咸酸的眼泪滴淌着……

雨,渐渐地下大了。多成狂奔的身影在娟子的视线里逐渐,模糊——消失——

半年后,娟子出嫁了。嫁的很远很远。

后来,娟子有了个女儿。

后来,娟子的丈夫出外做工,修隧道时,山体塌方,被活埋了。听说,连尸体都没找到。工程队赔了一万块钱。娟子婆家领到钱后,说娟子是扫把星,克死了他家儿子,逼走了娟子。

再后来,娟子抱着三岁的女儿丹丹回到娘家,经常看娘家人的眼色。丹丹还时不时地挨她舅的巴掌,听说是因为娟子傻,没分到那一万块钱。

时空的节奏愈来愈快。特别是在这个霓虹灯闪烁的空间。社会在神鬼莫测地变换,历史也是迫不及待地加快着发展的步伐。

工厂越来越不景气。那一台台平时喧闹的机器,失去了以往的欢笑和热情,毫无生气地僵卧在属于它们的墓地。

多成下岗了。本来工资不高的他现在只能领到几十块钱的生活费。市面的物价是愈来愈高,楼房的平方价格逐日飞涨。相对的,多成的城市梦也是逐日消沉。他的生活,也经常是来自于谢华的帮助。

谢华除了从多成身上得到做女人的满足外,她寄托在多成身上的那种热情——能得到多成的爱的期望,也逐渐感觉渺茫了。以至最终失望了,她最终明白,即使她和多成一起生活一辈子,也得不到多成的爱。这也让她明白了婚姻和爱情根本是两码子事。感情的空虚时刻纠缠着谢华。从多成情感中,谢华终于意识到多成的心思,他接受的只是她的经济条件,喜欢的只是她职业很高的薪水。现在维持她和多成关系的仅仅是男女本能够满足的需要了。没有了激情的互相仅从身体上得到慰藉,并不是生活的全部,有时候甚至感觉毫无意义。

虽然谢华并不美,她身上也许无一处可让多成动心。但谢华有热情,有信心。她不想把她的一切全押到并不爱她的一个人身上。虽然她不会计较经济条件,但她也不情愿去接济,或者是养活一个不爱她的男人。更不想和一个不爱她的男人生活一辈子。人生苦短,她需要爱。渐渐地,谢华对多成冷淡起来。

多成不但对谢华持有原有的态度,下岗以来,还逐渐对谢华好了起来。他想为了自己的将来,尽力对谢华好一些。他知道自己的幸福大半掌握在谢华手中。可是可怜的多成怎么也抹不掉他内心的阴影——他厌恶谢华的臃肿,那小腹,那粗腿。可又最让他担心的是他的感觉:谢华逐渐对他的冷淡。

一个星期天的中午,多成心中闷得慌。于是决定上山走走,散散心去。近来他感到很压抑,很空虚。他感觉这样下去自己会不会发疯!

沿着弯弯崎岖的山路往上爬,一阵阵清凉的山风吹得多成浑身发酥。阳光温和得像母亲的慈颜。多成感到从来没有过的惬意。就这样,他信马由缰地漫步在幽长的山道上。偶尔,空旷的天空上几朵白云悠闲的飘着。

他又转过一道山坡,现出一处幽静的山坳,一堆情人相拥着。多成不想惊扰了他们,佯装没看见的样子想径直走了过去。可还是被那对情人好像是惊异的咕隆声让好奇的多成回过了头。心里猛地一颤:谢华!

那个臃肿的身躯正是谢华。她意识到是躲不过了,转过身来看着多成,慌张的表情上带着有些惊异的眼神!

自尊遭受了凌辱的多成,强烈地感到自己从未受此奇耻大辱!霎时集聚了浑身所有的力量,眼里布满了血丝,紧握着的拳头青筋暴露,微微打战,气得说不出话来!"你——你——"他猛地冲上去,照着谢华身旁的那个男人脸上"哐"地就是一拳。那男的一下被打倒在地,血顺着鼻孔流下来。多成上去朝着身上"咚咚"又是两脚:"你个狗日的,欺负到老子头上来了!"说着又抬起脚来——

"啪"的一声响,顿时多成觉得脸颊一阵发烫!

谢华狠狠地给了疯子似的多成一记耳光。

"你打谁你!是我找他的,我喜欢他,怎么了!"谢华也好像是要疯了!

"你——你打我!你个不要脸的——"多成盯着谢华,有些懵了,眼里直打泪花,瞬间,谢华的脸变得狰狞可怕,整个世界碎成了一片!

"哼!我不要脸!你呢?你咋不说说你!"谢华紧绷着脸,又激动又委屈,泪珠在眼眶里打着转。"你凭良心说,我谢华对你怎么样?你又对我怎么样?你爱我吗?说啊!爱吗?你冲我什么来的?你以为我不知道?我傻啊!打我俩认识的时候,我就知道你看不上我,有几年,我抱着块石头都暖热了,可我越暖心越凉了!你的良心被狗吃了!还骂我不要脸!"

多成望着谢华,满脸的愤怒变成了惊愕!

"我依着你,顺着你,甚至乞求你,也不在乎花多少钱,我以心换心,为什么?你知道吗?就是为了得到你的爱,哪怕是一点点,你给了吗?我是个女人,你懂吗?而你一个大男人给了我什么?今天你到这儿逞能,你不觉得丢人?你凭什么管我?你有资格,你有权利管我吗?够了,多成!到此为止吧!你别以为你是人,别人就不是人,就你有心,别人就没长心。就是我犯贱吧!算我瞎了眼了!"谢华激动得不知道怎样奚落多成这个伪君子,只觉得自己又是委屈又是伤心,眼里哗哗往外流,这阵子只有哭的份了。

　　面对谢华的奚落和发泄,多成又羞又愧,脸涨成了猪肝色。除了肺腑间感到内疚,他无言以对。刚才浑身的劲儿不知跑哪去了,软绵绵的没一点力量了,散了架似的一下子松垮下来。只觉得眼前灰蒙蒙的,两腿发软,脑际嗡嗡作响,好像要晕过去的样子,不由地身子一歪,顺手扶住谢华,借力蹲了下来。低着头,把那张痛苦的脸搁在手中,喃喃地说:"骂得好!我不是人,我就不是个男人,对不起——谢华!"说着抬起沉重的头来,漠然地看了看谢华。

　　看着多成可怜的样子,谢华不由升起一丝歉意,心一酸,又涌出许多眼泪来。

　　沉寂。一会儿,多成缓缓抬起了头,转眼看着那个被他打倒在地的男人,他低着头坐在地上,鼻子里塞着两团手纸。多成的脸上掠过一丝悲哀的微笑。他又昂起了头,望了望空洞洞的天空。

　　太阳懒洋洋的挂在天空,面对着他,看不出来是嘲笑还是无动于衷。不知从哪飞出几只老鸦来,嘎——嘎——地叫着,飞走了,接着山谷中传出回音来,悠悠不绝——

　　忽然多成不知从哪涌上一股子劲来,用手撑了下地面站了起来,在那对"情人"的视线中,歪歪斜斜下山去了……

　　多成失恋了。

　　当那个美好的梦在他心里破碎之后。

　　他想到了酒。

　　多成喝醉了。

　　他拎着还剩了半瓶酒的瓶子,走在去广场的街道上。夜很静了。他想,他会把剩下那半瓶酒喝完。

　　这之前,他已喝了一瓶了。

　　喝完的酒瓶,被他扔了,盛满了他的痛苦被他扔掉的,扔哪儿了?

他想不起来,他醉了。

也许,多成也知道自己醉了。他还知道扔掉的那个酒瓶和他现在手中的是一样的。北京二锅头,清香型的。但他说不清渗在他血液中变成了什么味?涩的?咸的?还是苦的?

不管怎样,还得喝。就像现在活腻了还得活一样。他现在最需要的是——麻木!他的痛苦他的悔恨还没有完全没酒精麻木。还有这座城市,这个世界;这个已是破碎不堪的城市和世界……

就这样,多成歪歪斜斜地走着。目标是广场。深一步,浅一步。他不明白,平常平坦宽敞的马路今天走上去怎么如此的崎岖坎坷,好像故意和他过不去似的左摇右晃!为了不被这在动态中肮脏的城市晃倒了,他也不得不左摇右晃的竭尽全力地保持着自己的平衡。

"呵,呵呵,我不是人,呵,这,这是什么狗日的——马路——"多成嘲笑着,漫骂着。去广场的路不远,但对他来讲似乎很遥远。

尽管他竭尽全力保持着自己的平衡,可往嘴里灌酒时,还是流淌得满脖子都是:"他——他妈的,什么酒!瓶——瓶口这——这么大——"

夜已经很深了。稀稀疏疏来往的人给这个醉汉让出这条街尽可能让出的空间。偶尔有人不肖地嘲笑着这个失却了重心的醉汉。

多成一直往广场的方向走。他觉得世间的一切紊乱,还有跟着他一起摇晃的城市,建筑群,太狭隘,太虚伪。他需要到一个宽敞的空间去,伸展伸展,换换空气。哪怕就是一会儿也好。

广场愈来愈近了,他已扶着邮电大楼贴着瓷砖的墙壁,转前边这个墙角,就是广场了。

为了不使胃里翻闹的东西呕吐出来,他刚转过墙角,就朝着空阔广场深深吸了口气。还模模糊糊地看见远处有两个人朝着他的方向走来。笑骂着还不时哼着下流的曲子。

看得出来,那不是一对情人。多成现在最不想看见的就是搂搂抱抱的情人了。他的心已破碎,但还没有麻醉。

那两个人离多成愈来愈近,其中一个停下哼着的曲子,指着多成

对他的同伴说:"那个狗日的好像是喝晕了!"

"你——你才是狗日的",多成听得清楚是在骂他:"就喝——喝晕了,咋——咋的!"多成尽可能稳住摇晃的身子,瞪着血红的眼睛盯着骂他的那个家伙向他走近。

也许是血液里酒精的作用,他觉得一阵兴奋,想要揍这个骂人的家伙。这时的他暂时抛却了心里的痛苦,同时也抛却了自己,顿时觉得轻松了好多。他想教训这个骂人的家伙,让他趴在地上起不来!
……

趴在地上的是多成自己。他血红的眼睛醉酒的神态和摇晃的身躯没给那两个家伙造成丝毫的恐惧感。他被那两个家伙给揍了。

多成睡着了,在空阔的广场上。

静静的,寂寞的,黑暗的,夜。

悠悠转醒的多成抬起沉重疲乏的眼皮时,世界还有些灰暗,东方的鱼肚白正在缓缓地恢复着它本来的样子。

多成看见身边有一摊污秽的东西散发恶心的腐酸臭味。周边都是醉了的酒瓶碎片。感觉周身散了架似的并伴随着剧烈的疼痛。他好像做了一场噩梦。虽然明白这是怎么回事,可又不敢,或者是不愿去想。他的脸颊、额头都有不同程度的伤口,有的伤口还有殷红的血液渗出。他又抠了抠脸上有些僵硬的疤痕,掉下少许黑褐色的血甲。不知怎么弄的,右手掌上有一道口子,很深。他下意识地摸了摸上衣口袋,他还记得里面有钱,具体不知多少,可现在全都没了。把手移到胸口,还好,那颗破碎的心还在。

多成想,该离开这儿了。刚要站起来,腿上一阵剧痛,才发现裤子和腿上也有一道伤口,伤口周围的裤子紧贴着腿,渗透干了的血甲僵巴巴地。多成不无嘲讽对着伤口笑了笑。那笑,也像是灰褐色的太阳。

多成抬头看着微微发亮的东方,眼角无声地滑落两股清泪——

他,走了。

原地留下一摊黑褐色的秽物还有些许醉后的玻璃碴,一块瓶底角里还残留着一点淡红色的液体,在清晨中散发着淡淡的血腥气的酒香味。

天,亮了。

多成回家了。回到了那一片生他养他的土地。

和他父亲当年回来一样,他买了很多的糖,水果,饼干。

他望着满头花白的母亲,心疼地跪在母亲面前:"妈,你不听话不懂事的儿子,我回来了!"说着已泪流满面了。

母亲看着儿子消瘦的脸庞,握着袖口给多成揩着眼泪,无不疼爱地说:"回来就好,还是家里好啊!"说着已泣不成声。

"娟子命苦,你该去看看她了。"母亲说。

"我也想去,可我没脸见她啊!"

"去吧,就说我让你去的。她会见你的。"

还是那个村庄,还是那个小山坡,还是那颗老柳树,树下站着的还是那个女人,怀里还是抱着那双鞋。只是她身边多了一个让人怜爱的小身影。

灰蒙蒙的天,毛着雨。

多成缓缓地向着那颗老柳树走去。他迈着乏力的双腿,想要走快些,却怎么也使不上劲来。此时此刻,良心的谴责和内疚如海潮一般,一波一波地淹没着他。

老柳树下的她愈来愈近了,也愈来愈清晰。

多成终于停下了脚步,望着对面的娟子。

娟子也望着满脸愧色的多成。

孩子抬头望着两个大人的脸,惧怕的眼神里含着好奇。

娟子瘦了。他美丽的大眼睛还是那么湿润,那么清澈。晶莹的泪花涌闪着成了溪流静静地从她的脸颊滴落……滴落……

"你来了!"娟子平静地说。

"我,我回来了。我——"

"别说了,我知道了。"

"我——"多成紧紧地抱住了娟子。他再也控制不住自己,所有的一切,痛苦、委屈、内疚——全化成了眼泪,夺眶而出!

……

　　娟子慢慢挣脱多成的怀抱,打开小布包,把那双还是那么崭新黑条绒布鞋呈到多成面前。

　　"你还要吗？"

　　"娟——"多成又一次把娟子紧紧地拥在怀中,像个委屈的孩子,哽咽得说不出话来。

　　"好了。"娟子轻轻地推开多成,用手抹着多成脸上的眼泪"别难过了,都过去了,看看,吓着孩子了！"

　　泪眼蒙眬的多成抱起孩子,轻声地说:"丹丹,我给你当爸爸,好吗？"

　　丹丹转过脸,惊恐地望着妈妈。娟子含着泪点了点头。

　　"爸——爸！"丹丹轻轻地叫了一声便"哇"地一下哭出声来。多成把丹丹紧紧地抱在怀中。接着又拥住了娟子……

　　雨越毛越大。

　　"走,咱回家吧"！多成看着娟子说。

　　看着挂着泪珠的脸上露出了一丝幸福的笑容,多成觉得娟子从未有这样美丽过,他拥得更紧了些。

　　不知何时他们三人的头上多了顶雨伞。

　　山坡上,青青草叶上挂满了水露,珍珠一般。一阵细微的风吹了过去,滴溜溜,滴溜溜,"吧嗒"一下落到地上,消失了。

　　　　　　　2000年1月8日　　凌晨四点　　天水(完稿)
　　　　　　　2002年1月13日　　凌晨四点　　定西(整理)
　　　　　　　2013年9月13日　　凌晨四点　　定西(修稿)

父亲

序

  有写父亲这个念头好多年了,一是凑懒,二来总是想不好怎么写,再就是总不想沉重了自己的心情。
  今天是父亲节,读了很多有关父亲的文章,不爱凑热闹的我,也终于抬起了并不沉重的手,记述下那些父亲走过的足迹和一个儿子心里如山一般的忆念。

(一)

  父亲是一九四二年的人。
  那个年代很乱,很穷。是个死人一片一片的死、生人一个一个的生的时代,是个挨着饿的年代。
  父亲很小时爷爷就死了。听说爷爷很早以前是国民党的团副。太爷听说国共要开战,怕爷爷战死在外面,就让太奶奶抠院子里的水眼,抠啊抠,加上设法捎信说太奶奶快不行了,就抠回来了。再没回部队去。也终于没战死在乱中,死在了家里。
  父亲说爷爷总是很严肃,他怕爷爷。还有父亲的姐姐弟弟和两个妹妹都怕爷爷。
  爷爷死后,奶奶又给父亲和父亲的姐弟妹妹们招了个爹,父亲是长男,可并不年长的他还要经常流落在外,除了能省口口粮,还得给家里填补生活。
  父亲还给队里放过羊,听他说,他最喜欢放羊。
  父亲很爱他的姐弟妹妹。有一次村里一个男孩打了父亲的姐姐,

父亲就追着赶了两座山，最后赶到他家里，他爸爸给父亲道歉才了结。以后村里人都不敢欺负父亲的姐姐弟弟妹妹们。

父亲还念过两年书，听他说书上的，都得记下来，怕老师考。因为那时候纸少，他要叠三角板玩，等不住上完就撕下课本来叠。后来终于还是被老师发现了，幸亏父亲有备无患，才免了一顿打板子。

父亲长大后就参了军。

听父亲说，他的大多文化知识就是在部队里学习毛主席语录进修来的。还有那一手写得不错的字也是。后来就入了党，当了班长、排长。

父亲在西藏当兵，听说那期间参加过中印之战。说那是一个清晨，翻过一个山头，俘虏了很多还在睡袋里呼呼大睡的印度兵，省了很多子弹和人命。

父亲还修过洮河，挣了好多毛主席像章和少数二等以下功勋章，佩戴在胸前。母亲到现在还保存着几个，听父亲说是珍贵的，其他的还有大概一书包，都以玩具的模式垫付了我的童年。

（二）

后来父亲就转业到了军工厂。听说是因为恋乡，还有吃不饱的那一家子人。部队本来不让他转业，团长出面也没留下他。倔强的父亲。那是1970年。

转业后，在外婆的成全下，和我母亲结了婚，婚后不久，就分了家。听母亲说还分了一碗杂粮面，一个装面的空瓦罐。还听说，穷得跑到包头当裁缝的父亲的姐姐也能接济点。就这样在老家安了家，父亲很高兴。

父亲的厂距离老家大概两百里路，是三线建设时从东北锦州迁过来的，属电子工业部的。听父亲说，原子弹上还有他们厂里的产品。

刚到厂里，父亲听说工人比干部的工资高，就以家里穷为理由放弃了干部的身份，领着工人的工资。但厂里没忘记他干部的身份，让他干着干部的工作。起先是食堂管理员,后来是车队调度。

那时候,不是父亲傻,他从入党以来都是以一个优秀的共产党员来核实自己的人格,所以,农转非、困难户、领导的难处,他都得理解和承让。因为他不单是优秀共产党员,还是先进个人、劳动模范。那些奖状就糊满了老家房里的整面墙。

一次父亲领车队到银川拉大米,路过老家门口,母亲用浆水面款待父亲的同事们,那车就在我家门口排了好长,最显眼的是父亲坐的排在最前面的那辆帆布吉普车,后面是清一色的老解放,村民和娃娃们都来围着看,那阵势,就荣耀了很多亲邻,震撼了整个乡村。

父亲学驾驶员是在他当调度期间。那时我很小,还记起他在老家院子里背理论的样子。还能想起父亲带我到厂里拉着我一天一趟到南河川拉煤的情景。后来听父亲说出过两回车祸,都是在雪天,都是山路,都是司机请假他顶差,都是帆布吉普车,车上坐的也都是去省城开会的厂领导。一次是从山崖滑下,卡在一棵大树上。全车人员轻伤。一次是从陡坡滑滚到沟底,党委书记锁骨裂纹,父亲眉间缝五针,吉普车报废。父亲带伤回家休息一月,医院没住就骑自行车回了家。

每逢农忙和过年时,父亲回家带来白面、酱油,那时父亲每月38斤粮,是拿节省下的粮票兑的。我的记忆里是水果糖、苹果和玩具。每次都分给亲戚们一些。两个字:幸福。

(三)

当很多资历比父亲浅的工人在诸多原因包括父亲已习惯了的承让下,转了城市户口把家搬到在厂里分的楼房里时,父亲还愉悦地穿梭在单身楼和家乡的两百里路之间。

几十年后的我成长到和当初的父亲一般年纪时,我窥透了埋在父亲心里的秘密,他不单是恋家,他心里根本割舍不了家乡的那片土地和那些人。

那是一九八七年,厂里有了一次顶替接班的政策。那年我14岁,

规定顶替的年龄是16岁,因为这个原因费了很多周折,幸亏父亲人缘好,还加上有点干部身份,最后,父亲如愿了。

本来顺其自然我是分在车队的,父亲怕了车,就求上求下地给我求了个电焊工。远见,幸运,要不就光好酒这一点还真保不住我今天还尚在人间。

在我进厂前,我只知道他是我父亲,印象里还挺凶的。记得有一次他打我,母亲来拉,我推开母亲,说打死算了。后来他还是没敢打死我。所以在我的印象中,除了这次,几乎就没有其他的感情交易。唯一求他的一次,就是买了本《绘画入门》,至于水果和糖,早习惯了的。

还是我上班前两天,我在宿舍里好奇着工人的模样,父亲不知从哪拎来一堆油抹布,半桶汽油,当我明白他要把那堆抹布洗干净时,我嘴里不敢说,心里可笑父亲很天方夜谭的。看着盆子里漂满油的墨汁,我有点可怜父亲的傻。

第二天,当父亲拿着崭新一样的劳动布工作服说试试宽大的时候,我才明白父亲洗的不是抹布,当我的震撼理解了感动的同时,我明白了什么是父亲,明白了父亲是用什么洗干净了那堆……

这是我和父亲的第二次情感交易,从此,父亲在我的概念中成了一座山,一片天;在我刚踏入人生的旅途上成了一句座右铭,一种楷模,一副沉重的惦念……

(四)

与工厂比,父亲似乎更热忱于家乡的那六亩多地,还有那头牛。也许和他没地年代的童年有关。勤快和本分是镶嵌他脑细胞里最牢固的人生概念,还有诚实和善良。大伙都这么说。所以也许父亲更适合农民的身份。

轮到我开始穿梭在单身楼和老家200里路之间时,最怕的就是腊月三十父亲和我算年总账,搞得一家人心情沉重,就会说一句:腊月三十算一账,人在本钱在,然后自己乐去了,留着我自己惆怅:那你还算什么账！终于有一年刚步入青年的我想了一招……

这年春节给家里去信说厂里安排我值班。当然是我自己要求值班的。本想初四回去，天不如人愿，车到初六才有。到县上，车到下午了。迫切的心等不到，到我姐家骑了自行车就跑。

上山，越岭，下山，80里路不到两个小时。进屋一看，屋里好多亲人，老的在炕上，小的在地下。父亲睡在炕中间。我问咋了，说喝了些酒，刚从马路转回来就睡了。我便坐在父亲的头边等他醒来，和亲人们说话。

不一会儿，他就醒来了，我轻轻地叫了声爸爸，看他转过头说："你来啦。"两行眼泪便涌流出来。我满眼水花花什么都看不见，也说不出话来，就听见我怀里的外甥把小手按在我脸上说："黑舅哭了。"屋里的亲人们也都过年了。我想。

第二天听母亲说父亲一天好几次到马路上等车，等不住到家喝两口酒再等，每天晚上怕母亲忘了他自己给我住的屋子烧炕。打初一开始就不爱说话。这是我第一次看见父亲流泪。以后腊月父亲再也没和我算过账。父亲怕没了本钱过年。我——赢了。

父亲总是那么勤劳，那么热情。随着风吹日晒的日子，他总是喜欢唠叨起以前的岁月。50岁以后的父亲，已渐渐开始健忘起来，开始自言自语起来。随着岁月无限的延长，也开始丢三落四起来。

（五）

眼看着父亲的记忆力愈来愈消退，见面问人同样的话问两遍、三遍，后来四遍、五遍，田地里不是落下农具，就是落下衣服，牛养不成了，地也种不了了，后来连平时最钟爱唱的秦腔唱段也断断续续了，甚至连忠心耿耿的交党费也忘交了，村上有关领导就顺其自然地给父亲办理了退党。是啊，父亲似乎也该忘掉一些什么了。

当时所说的和所发生的几乎马上就忘掉，可历史的，愈是悠久的，愈是牢固些。那些人，那些事，那些贫穷，那些过去，每逢过节时，

便是我和父亲的话题。每当提及,父亲的脸上总是洋溢着回忆中的幸福和幸福中的回忆,而在我心里则多了一些惆怅和一些沉重……

去省城找专家看了,说是痴呆症。本市第一医院做了CT,是脑萎缩。脑萎缩是对的,因为除了记忆力消退,父亲的表情没有一点痴呆的样子,脚步也一点都不痴呆。所以,时不时地就离家出走了,害得大伙满世界找他。

关于很多次找父亲的故事都是焦急的,匆忙的,还有几次是兴师动众的,甚至有一次找了快两天,又是报案,又是寻人启事的,终于在还未悲凉的情况下找到了有点悲惨的父亲,那次是最心痛的悲催和泪奔。哎!这个世界,总是比我们想象中的还要糟。

由于很多被迫无奈的原因和活着的理由,现在全家都在并不理想的城市里生活,父亲也还尚在人世,虽然生活已不能自理,饭吃得还算挺好,话已不大说了。可他的双眼双腿还未痴呆,腰腿不好的他也不可能再离家出走了,在母亲的照料下还算或者是只能活得很好了。去年春节时我给父亲唱秦腔《黑虎坐台》,把傻老头听得泪流满面。而我也只能在父爱如山的沉重里找到这点欣慰了。

父亲的寿材已经做好墓地,他自己退休时找风水先生也早已选好。我也找风水先生复查过,很好。

至于遗言,我想有他老人家时常给我唠叨的这几句足够:腊月三十算一账,人在本钱在;人心不足蛇吞象,活着要知足;为人莫贪小便宜,贪小便宜吃大亏;头顶三尺有神明,为人莫做亏心事。

尾声

多对于父亲的零零碎碎大都不能尽言,大概写一些忆念,也都是历史与轮回的流程。在于一个儿女在父爱如山的沉重里感动,我想,所有人的心是相同、相通的。

我更崇敬父亲的是,一个小人物身上的责任。并不一帆风顺的他对生活的理解、坚韧和热忱;对人生人格的坚定信念,所有这些都在父亲对祖国对民族对信仰的热爱和忠诚,以他的诚实、勤劳、善良、无私,谱写了他在平凡中不用伟大的一生,感动着自己,也感动着知道他的所有人……

我也因为有这么一位父亲在如山的沉重中倍感自豪。

2015 年 夏

附

祭父文

维公元 2016 年农历十一月初二日,不孝子:少军、亚军,携父孙:玄玄、梓轩,及堂母宗亲人等,谨以香茶酒馔之意凄凄哀告于尊父墓前曰:

苍宇茫茫,天道无常,尊父殒亡,梁倾柱伤,举家惶惶,遗子断肠。呜呼,儿心沥沥兮秋风悲沧,泪崩结腔兮秋月凄凉。

思父在堂,天伦乐祥,亲子爱孙,荫护无殃。仁心慈善,亲友联帮,荣禄虽薄,佑祚绵长。父今西归,无限悲伤,哀哀无告,切切情长。

忆父幼年,家国多难,缺衣少餐,饱受饥寒,少年丧父,孤母维艰;忆父壮年,离乡从军,洮河有功,参战边关,勤学多劳,志显排前;忆父中年,先进个人,优秀党员,劳动模范,秉公洁廉,忠义双全,乡亲感念,同事情衔;忆父暮年,病魔摧残,父受熬煎,母承磨难,愚子少孝,痛彻腑间。七月秋暖,尊父归天,德泽乡里,地悯天怜,亲朋悲恸,子孙泪涟。

尊父在世,疾沉有年,心明眼亮,敏思少言。祖父坟园,早年水陷,思父有愿,归心难安,怎赖皇天有眼,还依厚土见怜,巧遇父归之时,清修祖父墓园。今俯尊父墓前,泣告慰父灵安。

吾母勤贤,任劳任怨,奉孝堂前,尊父勿念。父嘱良言,铭记心间,难忘父恩,续教子衍。

光阴如梭,日月移迁,转眼百日,哭奠墓前,每思尊颜,泪洒黄泉。愿父归期,早升乐天,祈告父灵,佑家祥全。

　　呜呼痛哉,天道轮回,父子永别,音容宛在,悲悲切切。父恩难报,子欲心裂,尘路望断兮漫漫长夜,梦中有聚兮冥冥灭灭。呜呼哀哉,伏首泣奠,尚飨!

农历 2016 年 11 月 2 日

驰骋的概念(代后记)

二十世纪七十年代的某年某月某一天,我来到这个世上的时候,天上没有彩虹,地也没颤动,随着轮回中的繁衍,很自然,就这样悄无声息的来了。随着我来的那一刻,有很多的人也来了,当然,也有很多的人去了。

后来理解了释迦牟尼先师所说的"无从所来,亦无所去"的道理后,才明白了这只是一个驰骋的过程(说白了就是走路),也算是正式结束寻找了几十年"为什么而活着"的这个疑问。至于怎么驰骋,却大多由不了自己,也由不了高尚和低贱的信念,也就随着一江春水向东流了吧!

每个人都是一本书,一个故事,一个世界。从一开始,就用好奇来认识、理解这条路上的沧桑:饥饿,冷暖,病魔,肮脏,欺骗,组合,分散,悲欢……

所有这条路上的景色都是诱惑生命去驰骋的苹果。如果伊甸园是极乐世界,它就是这条路的始点和终点驿站,诺亚方舟就是路上的渡船。这条船上装满了忧虑、恐惧、彷徨、寂寞和愚蠢。由于贪婪的本性大都舍弃不了这些自以为是的宝藏,以至船体愈来愈沉而搁浅,所以大多到不了驿站就在痛苦中殀亡。

所有这条路上灾难,自然的,人为的,或给了我困苦,给了我醒悟,给了我丰盛晚餐,还帮我丢掉了方舟上愚蠢的累赘,都不必感谢,当然,也不必去忌恨。世界是如此的公平。至于怎么公平了自己,和我一样,那是每个世界,每个人的事。而我要做的,就是守护着驰骋的概念,驰骋——继续——驰骋——继续——

在这条继续驰骋的回归路上,没殀亡是唯一的理由。当理解了伊

甸园里的宁静和空阔,驰骋的脚步便会更加的矫健沉稳一些。毕竟,身后留下的脚印比飞扬在空中的纸钱更真实一些。

在此,再次
感谢我尊敬的先师
释迦牟尼先生
在这条驰骋和继续的路上
是您的明示和教诲
让我看见了微笑的彩虹
听见了悠悠白云上
涓涓流淌着的天籁梵音
理解了死海中那
被鲜血溅红的玫瑰
欣赏到禅静池里
那枝圣洁的莲
是老师您聪睿的智慧
让上帝和魔王
在他们的身旁
早给我备好了慈善的床
是老师您的善诱和导航
让我在馨香萦绕的八德池旁
找到了安宁的故乡

2015年3月16日